簡化字總表檢字

增訂版

U0106700

三聯書店（香港）有限公司

| 責任編輯 | 李玥展 |
| 美術設計 | 鍾文君 |

書　　名	簡化字總表檢字（增訂版）
出　　版	三聯書店（香港）有限公司
	香港北角英皇道 499 號北角工業大廈 20 樓
	Joint Publishing (H.K.) Co., Ltd.
	20/F., North Point Industrial Building,
	499 King's Road, North Point, Hong Kong
香港發行	香港聯合書刊物流有限公司
	香港新界荃灣德士古道 220-248 號 16 樓
印　　刷	世和印製企業有限公司
	台灣新北市中和區錦和路 53 號 4 樓
版　　次	2012 年 12 月香港第一版第一次印刷
	2022 年 4 月香港第一版第四次印刷
規　　格	大 48 開（105 × 165 mm）276 面
國際書號	ISBN 978-962-04-2473-1

© 2012 Joint Publishing (H.K.) Co., Ltd.

Published in Hong Kong

目　錄

增訂版説明

增訂版説明

本書是三聯書店（香港）有限公司 1998 年出版的《簡化字總表檢字》的增訂版。根據中國文字改革委員會公佈的《簡化字總表》編製，旨在方便讀者瞭解和掌握國家推廣的簡化字，同時快速查到要找的字。

本書在原書的基礎上為每一個字加注了漢語拼音，以方便讀者使用。

本書提供的檢索方法包括：

1. 從拼音查漢字。熟悉漢語拼音的讀者可用此法快速查字。字序是按漢語拼音字母的順序排列的，字形相同而讀音不同的字，可分別在不同的音節中查到。

2. 從簡體字查繁體字。不熟悉漢語拼音，但熟悉簡體字的讀者可用此法快速查到對應的繁體字。字序是按筆劃數排列的，筆劃數相同的字則按起筆為橫、豎、撇、點、折排序。

3. 從繁體字查簡體字。不熟悉漢語拼音，但熟悉繁體字的讀者可用此法快速查到對應的簡體字。字序排列同上。

　　本書附有中國文字改革委員會公佈的《簡化字總表》（1986年），供讀者進一步瞭解簡化字的全貌。該表共分為：第一表"不作簡化偏旁用的簡化字"、第二表"可作簡化偏旁用的簡化字和簡化偏旁"、第三表"應用第二表所列簡化字和簡化偏旁得出來的簡化字"，此外還包括異體字整理表中39個習慣被看作簡體字的選用字，以及經政府批准更改的生僻地名用字。

　　本書增加了兩個附錄，"漢字簡化方法表"和"漢語拼音方案"。

　　"漢字簡化方法表"便於讀者瞭解漢字的簡化規律，借此讀者可以舉一反三，順利檢字。

　　不熟悉漢語拼音的讀者，則可借本書附錄的"漢語拼音方案"學習漢字的注音，進而幫助自己學好普通話。

　　這樣，本書就為讀者提供了基本齊備的、快速查詢簡化字字形、讀音和對應繁體字的綜合方法，是實用有效、簡單易行的語文工具書。

一、從拼音查漢字

（左為簡體字，右括弧內為繁體字）

	Ⓐ	ài	碍〔礙〕
	a		**an**
ā	锕〔錒〕	ān	谙〔諳〕
		ān	鹌〔鵪〕
	ai	ǎn	铵〔銨〕
āi	锿〔鎄〕		**ang**
ái	皑〔皚〕		
ǎi	霭〔靄〕	āng	肮〔骯〕
ài	爱〔愛〕		
ài	叆〔靉〕		**ao**
ài	瑷〔璦〕		
ài	嗳〔噯〕	áo	鳌〔鰲〕
ài	暧〔曖〕	ǎo	袄〔襖〕
ài	嫒〔嬡〕	ào	骜〔驁〕

Ⓑ

ba

bǎ　钯〔鈀〕
bà　坝〔壩〕
bà　罢〔罷〕
bà　糫〔糯〕
bà　鲅〔鮁〕

bai

bǎi　摆〔擺〕
　　　〔襬〕
bài　败〔敗〕

ban

bān　颁〔頒〕
bǎn　板〔闆〕
bàn　绊〔絆〕
bàn　办〔辦〕

bang

bāng　帮〔幫〕
bǎng　绑〔綁〕
bàng　谤〔謗〕
bàng　镑〔鎊〕

bao

bāo　鲍〔龅〕
bǎo　宝〔寶〕
bǎo　饱〔飽〕
bǎo　鸨〔鴇〕
bào　报〔報〕
bào　鲍〔鮑〕

bei

bèi　惫〔憊〕
bèi　辈〔輩〕
bèi　贝〔貝〕
bèi　钡〔鋇〕

bèi	狈〔狽〕	bì	踔〔躄〕
bèi	备〔備〕	bì	滗〔潷〕
bei	呗〔唄〕	bì	币〔幣〕
		bì	闭〔閉〕
ben		bì	毙〔斃〕
bēn	锛〔錛〕		
bēn	贲〔賁〕	**bian**	
		biān	鳊〔鯿〕
beng		biān	编〔編〕
		biān	边〔邊〕
bēng	绷〔繃〕	biān	笾〔籩〕
bèng	镚〔鏰〕	biǎn	贬〔貶〕
		biàn	辩〔辯〕
bi		biàn	辫〔辮〕
		biàn	变〔變〕
bǐ	笔〔筆〕		
bì	铋〔鉍〕	**biao**	
bì	毕〔畢〕		
bì	哔〔嗶〕	biāo	镖〔鏢〕
bì	筚〔篳〕	biāo	标〔標〕
bì	荜〔蓽〕	biāo	骠〔驃〕

biāo	镖〔鏢〕	bìn	殡〔殯〕
biāo	飚〔飆〕	bìn	膑〔臏〕
biǎo	表〔錶〕	bìn	髌〔髕〕
biào	鳔〔鰾〕		

bing

bie

		bīng	槟〔檳〕
biē	鳖〔鱉〕	bǐng	饼〔餅〕
biě	瘪〔癟〕		
biè	别〔彆〕		

bo

bin

		bō	饽〔餑〕
		bō	钵〔鉢〕
bīn	宾〔賓〕	bō	拨〔撥〕
bīn	滨〔濱〕	bó	鹁〔鵓〕
bīn	槟〔檳〕	bó	馎〔餺〕
bīn	傧〔儐〕	bó	钹〔鈸〕
bīn	缤〔繽〕	bó	驳〔駁〕
bīn	镔〔鑌〕	bó	铂〔鉑〕
bīn	濒〔瀕〕	bo	卜〔蔔〕
bìn	鬓〔鬢〕		
bìn	摈〔擯〕		

	bu		cang
bǔ	补〔補〕	cāng	仓〔倉〕
bù	钚〔鈈〕	cāng	沧〔滄〕
		cāng	苍〔蒼〕
	C	cāng	伧〔傖〕
		cāng	鸧〔鶬〕
	cai	cāng	舱〔艙〕
cái	才〔纔〕		ce
cái	财〔財〕		
		cè	测〔測〕
	can	cè	恻〔惻〕
		cè	厕〔廁〕
cān	参〔參〕	cè	侧〔側〕
cān	骖〔驂〕		
cán	蚕〔蠶〕		cen
cán	惭〔慚〕		
cán	残〔殘〕	cēn	参〔參〕
cǎn	惨〔慘〕		
cǎn	穇〔穇〕		ceng
càn	灿〔燦〕		

céng	层〔層〕	chán	蝉〔蟬〕
		chán	婵〔嬋〕
cha		chán	谗〔讒〕
		chán	馋〔饞〕
chā	馇〔餷〕	chǎn	产〔產〕
chā	锸〔鍤〕	chǎn	浐〔滻〕
chǎ	镲〔鑔〕	chǎn	铲〔鏟〕
chà	诧〔詫〕	chǎn	蒇〔蕆〕
		chǎn	阐〔闡〕
chai		chǎn	辗〔幝〕
		chǎn	谄〔諂〕
chāi	钗〔釵〕	chàn	颤〔顫〕
chái	侪〔儕〕	chàn	忏〔懺〕
chài	虿〔蠆〕	chàn	划〔剗〕

chan		**chang**	
chān	搀〔攙〕	chāng	伥〔倀〕
chān	掺〔摻〕	chāng	阊〔閶〕
chān	觇〔覘〕	chāng	鲳〔鯧〕
chán	缠〔纏〕	cháng	尝〔嘗〕
chán	禅〔禪〕	cháng	偿〔償〕

cháng	鲿〔鱨〕	chén	陈〔陳〕
cháng	长〔長〕	chěn	碜〔磣〕
cháng	肠〔腸〕	chèn	榇〔櫬〕
chǎng	场〔場〕	chèn	衬〔襯〕
chǎng	厂〔廠〕	chèn	谶〔讖〕
chàng	怅〔悵〕	chèn	称〔稱〕
chàng	畅〔暢〕	chèn	龀〔齔〕

chao

chāo　钞〔鈔〕

che

chē	车〔車〕
chē	砗〔硨〕
chè	彻〔徹〕

chen

chén	谌〔諶〕
chén	尘〔塵〕

cheng

chēng	柽〔檉〕
chēng	蛏〔蟶〕
chēng	铛〔鐺〕
chēng	赪〔赬〕
chēng	称〔稱〕
chéng	枨〔棖〕
chéng	诚〔誠〕
chéng	惩〔懲〕
chěng	骋〔騁〕

chi

chī	鸱〔鴟〕
chí	迟〔遲〕
chí	驰〔馳〕
chǐ	齿〔齒〕
chì	炽〔熾〕
chì	饬〔飭〕

chong

chōng	冲〔衝〕
chóng	虫〔蟲〕
chǒng	宠〔寵〕
chòng	冲〔衝〕
chòng	铳〔銃〕

chou

chōu	绌〔紬〕
chóu	畴〔疇〕
chóu	筹〔籌〕
chóu	踌〔躊〕
chóu	俦〔儔〕

chóu	雠〔讎〕
chóu	绸〔綢〕
chǒu	丑〔醜〕

chu

chū	出〔齣〕
chú	锄〔鋤〕
chú	刍〔芻〕
chú	雏〔雛〕
chǔ	储〔儲〕
chǔ	础〔礎〕
	处〔處〕
chǔ	～罚
chù	到～
chù	绌〔絀〕
chù	触〔觸〕

chuai

| chuài | 闯〔闖〕 |

chuan	chún　莼〔蒓〕
chuán　传〔傳〕	**chuo**
chuàn　钏〔釧〕	
	chuò　绰〔綽〕
chuang	chuò　龊〔齪〕
	chuò　辍〔輟〕
chuāng　创〔創〕	
chuāng　疮〔瘡〕	**ci**
chuǎng　闯〔闖〕	
chuàng　怆〔愴〕	cí　鹚〔鷀〕
chuàng　创〔創〕	cí　辞〔辭〕
	cí　词〔詞〕
chui	cì　赐〔賜〕
chuí　锤〔錘〕	**cong**
chun	cōng　聪〔聰〕
	cōng　骢〔驄〕
chūn　鰆〔鰆〕	cōng　枞〔樅〕
chún　鹑〔鶉〕	cōng　苁〔蓯〕
chún　纯〔純〕	cóng　从〔從〕

cóng	丛〔叢〕		cuò	锉〔銼〕
	cou			**D**
còu	辏〔輳〕			**da**
			dā	哒〔噠〕
	cuan		dá	达〔達〕
			dá	鞑〔韃〕
cuān	撺〔攛〕			
cuān	蹿〔躥〕			**dai**
cuān	镩〔鑹〕			
cuán	攒〔攢〕		dài	贷〔貸〕
cuàn	窜〔竄〕		dài	给〔給〕
			dài	带〔帶〕
	cui		dài	埭〔靆〕
cuī	缞〔縗〕			**dan**
	cuo			
			dān	单〔單〕
cuó	鹺〔鹺〕		dān	担〔擔〕
cuò	错〔錯〕		dān	殚〔殫〕

dān	箪〔簞〕	dàng	砀〔碭〕
dān	郸〔鄲〕	dàng	荡〔蕩〕
dǎn	掸〔撣〕		
dǎn	胆〔膽〕		
dǎn	赕〔賧〕		**dao**
dàn	担〔擔〕	dāo	鱽〔魛〕
dàn	惮〔憚〕	dǎo	祷〔禱〕
dàn	瘅〔癉〕	dǎo	岛〔島〕
dàn	弹〔彈〕	dǎo	捣〔搗〕
dàn	诞〔誕〕	dǎo	导〔導〕

dang

de

dāng	裆〔襠〕	dé	锝〔鍀〕
dāng	铛〔鐺〕		
dāng	当〔當〕		**deng**
dāng	〔噹〕		
dǎng	党〔黨〕	dēng	灯〔燈〕
dǎng	谠〔讜〕	dèng	镫〔鐙〕
dǎng	挡〔擋〕	dèng	邓〔鄧〕
dàng	当〔當〕		
dàng	档〔檔〕		**di**

dī	镝〔鏑〕	diāo	鲷〔鯛〕
dí	觌〔覿〕	diào	铫〔銚〕
dí	籴〔糴〕	diào	铞〔銱〕
dí	敌〔敵〕	diào	窎〔窵〕
dí	涤〔滌〕	diào	钓〔釣〕
dǐ	诋〔詆〕	diào	调〔調〕
dì	谛〔諦〕		
dì	缔〔締〕	**die**	
dì	递〔遞〕		
		dié	谍〔諜〕
dian		dié	鲽〔鰈〕
		dié	绖〔絰〕
diān	颠〔顛〕		
diān	癫〔癲〕	**ding**	
diān	巅〔巔〕		
diǎn	点〔點〕	dīng	钉〔釘〕
diàn	淀〔澱〕	dǐng	顶〔頂〕
diàn	垫〔墊〕	dìng	订〔訂〕
diàn	电〔電〕	dìng	钉〔釘〕
diàn	钿〔鈿〕	dìng	锭〔錠〕
diao		**diu**	

diū	铥〔銩〕		dú	渎〔瀆〕
			dú	椟〔櫝〕
dong			dú	黩〔黷〕
			dú	犊〔犢〕
dōng	东〔東〕		dú	牍〔牘〕
dōng	鸫〔鶇〕		dú	独〔獨〕
dōng	崬〔崠〕		dǔ	赌〔賭〕
dōng	冬〔鼕〕		dǔ	笃〔篤〕
dòng	动〔動〕		dù	镀〔鍍〕
dòng	冻〔凍〕			
dòng	栋〔棟〕		**duan**	
dòng	胨〔腖〕			
			duàn	断〔斷〕
dou			duàn	锻〔鍛〕
			duàn	缎〔緞〕
dǒu	钭〔鈄〕		duàn	簖〔籪〕
dòu	斗〔鬥〕			
dòu	窦〔竇〕		**dui**	
du			duì	怼〔懟〕
			duì	对〔對〕
dú	读〔讀〕		duì	队〔隊〕

dun

dūn	吨〔噸〕
dūn	镦〔鐓〕
dǔn	趸〔躉〕
dùn	钝〔鈍〕
dùn	顿〔頓〕

duo

duó	夺〔奪〕
duó	铎〔鐸〕
duò	驮〔馱〕
duò	堕〔墮〕
duò	饳〔飿〕

Ⓔ

e

é	额〔額〕
é	锇〔鋨〕
é	鹅〔鵝〕
é	讹〔訛〕
ě	恶〔惡〕
ě	〔噁〕
è	恶〔惡〕
è	垩〔堊〕
è	轭〔軛〕
è	谔〔諤〕
è	鹗〔鶚〕
è	鳄〔鱷〕
è	锷〔鍔〕
è	饿〔餓〕

ê

诶〔誒〕

ē̄	（表招呼）
é	（表驚訝）
ě	（表反對）
è	（表答應）

er

ér	儿〔兒〕		fàn	贩〔販〕
ér	鸸〔鴯〕		fàn	饭〔飯〕
ěr	饵〔餌〕		fàn	范〔範〕
ěr	铒〔鉺〕			
ěr	尔〔爾〕		**fang**	
ěr	迩〔邇〕			
èr	贰〔貳〕		fāng	钫〔鈁〕
			fáng	鲂〔魴〕
F			fǎng	访〔訪〕
			fǎng	纺〔紡〕
fa				
			fei	
fā	发〔發〕			
fá	罚〔罰〕		fēi	绯〔緋〕
fá	阀〔閥〕		fēi	鲱〔鯡〕
fà	发〔髮〕		fēi	飞〔飛〕
			fěi	诽〔誹〕
fan			fèi	废〔廢〕
			fèi	费〔費〕
fán	烦〔煩〕		fèi	镄〔鐨〕
fán	矾〔礬〕			
fán	钒〔釩〕		**fen**	

fēn	纷〔紛〕	fèng	赗〔賵〕
fén	坟〔墳〕	fèng	缝〔縫〕
fén	豮〔豶〕		
fèn	粪〔糞〕		**fu**
fèn	愤〔憤〕		
fèn	偾〔僨〕	fū	麸〔麩〕
fèn	奋〔奮〕	fū	肤〔膚〕
		fú	辐〔輻〕
	feng	fú	𫐓〔輮〕
		fú	绂〔紱〕
fēng	丰〔豐〕	fú	凫〔鳬〕
fēng	沣〔灃〕	fú	绋〔紼〕
fēng	锋〔鋒〕	fǔ	辅〔輔〕
fēng	风〔風〕	fǔ	抚〔撫〕
fēng	沨〔渢〕	fù	赋〔賦〕
fēng	疯〔瘋〕	fù	赙〔賻〕
fēng	枫〔楓〕	fù	缚〔縛〕
fēng	砜〔碸〕	fù	讣〔訃〕
féng	冯〔馮〕	fù	复〔復〕
féng	缝〔縫〕	fù	〔複〕
fěng	讽〔諷〕	fù	鳆〔鰒〕
fèng	凤〔鳳〕	fù	驸〔駙〕

fù	鲋〔鮒〕
fù	负〔負〕
fù	妇〔婦〕

G

ga

gá	钆〔釓〕

gai

gāi	该〔該〕
gāi	赅〔賅〕
gài	盖〔蓋〕
gài	钙〔鈣〕

gan

gān	干〔乾〕
gān	尴〔尷〕
gǎn	赶〔趕〕
gàn	干〔幹〕
gàn	赣〔贛〕
gàn	绀〔紺〕

gang

gāng	冈〔岡〕
gāng	刚〔剛〕
gāng	㭎〔棡〕
gāng	纲〔綱〕
gāng	钢〔鋼〕
gāng	㧏〔掆〕
gǎng	岗〔崗〕

gao

gǎo	镐〔鎬〕
gǎo	缟〔縞〕
gào	诰〔誥〕
gào	锆〔鋯〕

ge

gē	鸽〔鴿〕	gǒng	巩〔鞏〕
gē	搁〔擱〕	gòng	贡〔貢〕
gé	镉〔鎘〕	gòng	唝〔嗊〕
gé	颌〔頜〕		
gé	阁〔閣〕		**gou**
gè	个〔個〕		
gè	铬〔鉻〕	gōu	缑〔緱〕
		gōu	沟〔溝〕
	gei	gōu	钩〔鉤〕
		gòu	觏〔覯〕
gěi	给〔給〕	gòu	诟〔詬〕
		gòu	构〔構〕
	geng	gòu	购〔購〕
gēng	赓〔賡〕		**gu**
gēng	鹒〔鶊〕		
gěng	鲠〔鯁〕	gū	轱〔軲〕
gěng	绠〔綆〕	gū	鸪〔鴣〕
		gǔ	诂〔詁〕
	gong	gǔ	钴〔鈷〕
		gǔ	贾〔賈〕
gōng	龚〔龔〕	gǔ	蛊〔蠱〕

gǔ	榖〔穀〕
gǔ	馉〔餶〕
gǔ	鹘〔鶻〕
gǔ	谷〔穀〕
gǔ	鹄〔鵠〕
gù	顾〔顧〕
gù	锢〔錮〕

gua

guā	刮〔颳〕
guā	鸹〔鴰〕
guǎ	剐〔剮〕
guà	诖〔詿〕

guan

guān	关〔關〕
guān	纶〔綸〕
guān	鳏〔鰥〕
guān	观〔觀〕
guǎn	馆〔館〕

guàn	鹳〔鸛〕
guàn	贯〔貫〕
guàn	惯〔慣〕
guàn	掼〔摜〕

guang

| guǎng | 广〔廣〕 |
| guǎng | 犷〔獷〕 |

gui

guī	妫〔嬀〕
guī	沩〔潙〕
guī	规〔規〕
guī	鲑〔鮭〕
guī	闺〔閨〕
guī	归〔歸〕
guī	龟〔龜〕
guǐ	轨〔軌〕
guǐ	匦〔匭〕
guǐ	诡〔詭〕

guì	鳜〔鱖〕		guó	腘〔膕〕
guì	柜〔櫃〕		guǒ	馃〔餜〕
guì	贵〔貴〕		guò	过〔過〕
guì	刿〔劌〕			
guì	桧〔檜〕			
guì	刽〔劊〕			

Ⓗ

ha

gun

			hā	铪〔鉿〕
gǔn	辊〔輥〕			
gǔn	绲〔緄〕		**hai**	
gǔn	鲧〔鯀〕			
			hái	还〔還〕
guo			hài	骇〔駭〕

			han	
guō	涡〔渦〕			
guō	埚〔堝〕		hān	顸〔頇〕
guō	锅〔鍋〕		hán	韩〔韓〕
guō	蝈〔蟈〕		hǎn	阚〔闞〕
guó	国〔國〕		hǎn	喊〔嘿〕
guó	掴〔摑〕		hàn	汉〔漢〕
guó	帼〔幗〕			

hàn	颔〔頷〕		hé	纥〔紇〕
			hè	鹤〔鶴〕
	hang		hè	贺〔賀〕
			hè	吓〔嚇〕
háng	绗〔絎〕			
háng	颃〔頏〕			**heng**
			héng	鸻〔鴴〕
	hao			
				hong
hào	颢〔顥〕			
hào	灏〔灝〕		hōng	轰〔轟〕
hào	号〔號〕		hóng	黉〔黌〕
			hóng	鸿〔鴻〕
	he		hóng	红〔紅〕
			hóng	荭〔葒〕
hē	诃〔訶〕		hòng	讧〔訌〕
hé	阂〔閡〕			
hé	阖〔闔〕			**hou**
hé	鹖〔鶡〕			
hé	颌〔頜〕		hòu	后〔後〕
hé	饸〔餄〕		hòu	鲎〔鱟〕
hé	合〔閤〕			

hu

hū	轷〔軤〕
hú	壶〔壺〕
hú	胡〔鬍〕
hú	鹕〔鶘〕
hú	鹄〔鵠〕
hú	鹘〔鶻〕
hǔ	浒〔滸〕
hù	沪〔滬〕
hù	护〔護〕

hua

huā	哗〔嘩〕
huá	划〔劃〕
huá	华〔華〕
huá	骅〔驊〕
huá	哗〔嘩〕
huá	铧〔鏵〕
huà	画〔畫〕
huà	婳〔嬇〕

huà	划〔劃〕
huà	桦〔樺〕
huà	话〔話〕

huai

huái	怀〔懷〕
huài	坏〔壞〕

huan

huān	欢〔歡〕
huán	还〔還〕
huán	环〔環〕
huán	缳〔繯〕
huán	镮〔鐶〕
huán	锾〔鍰〕
huǎn	缓〔緩〕
huàn	鲩〔鯇〕

huang

huáng 鳇〔鰉〕
huǎng 谎〔謊〕

hui

huī 挥〔揮〕
huī 辉〔輝〕
huī 翚〔翬〕
huī 诙〔詼〕
huí 回〔迴〕
huì 汇〔匯〕
huì 　〔彙〕
huì 贿〔賄〕
huì 秽〔穢〕
huì 会〔會〕
huì 烩〔燴〕
huì 荟〔薈〕
huì 绘〔繪〕
huì 海〔誨〕
huì 殨〔殨〕
huì 讳〔諱〕

hun

hūn 荤〔葷〕
hūn 阍〔閽〕
hún 浑〔渾〕
hún 珲〔琿〕
hún 馄〔餛〕
hùn 诨〔諢〕

huo

huǒ 钬〔鈥〕
huǒ 伙〔夥〕
huò 镬〔鑊〕
huò 获〔獲〕
huò 　〔穫〕
huò 祸〔禍〕
huò 货〔貨〕

J

ji

jī	亶〔齏〕	jǐ	虮〔蟣〕
jī	跻〔躋〕		济〔濟〕
jī	击〔擊〕	jǐ	～南
jī	赍〔賷〕	jì	經～
jī	缉〔緝〕	jì	霁〔霽〕
jī	几〔幾〕	jì	荠〔薺〕
jī	积〔積〕	jì	剂〔劑〕
jī	羁〔羈〕	jì	鲚〔鱭〕
jī	机〔機〕	jì	际〔際〕
jī	饥〔飢〕	jì	绩〔績〕
jī	讥〔譏〕	jì	计〔計〕
jī	玑〔璣〕	jì	系〔繫〕
jī	矶〔磯〕	jì	骥〔驥〕
jī	叽〔嘰〕	jì	觊〔覬〕
jī	鸡〔雞〕	jì	蓟〔薊〕
jí	鹡〔鶺〕	jì	鲫〔鯽〕
jí	辑〔輯〕	jì	记〔記〕
jí	极〔極〕	jì	纪〔紀〕
jí	级〔級〕	jì	继〔繼〕
jǐ	挤〔擠〕		
jǐ	给〔給〕		**jia**
jǐ	几〔幾〕		

jiā	家〔傢〕	jiān	坚〔堅〕
jiā	镓〔鎵〕	jiān	鲣〔鰹〕
jiā	夹〔夾〕	jiān	缄〔緘〕
jiā	浃〔浹〕	jiān	鞯〔韉〕
jiá	颊〔頰〕	jiān	监〔監〕
jiá	荚〔莢〕	jiān	歼〔殲〕
jiá	蛱〔蛺〕	jiān	艰〔艱〕
jiá	铗〔鋏〕	jiān	间〔間〕
jiá	郏〔郟〕	jiǎn	谫〔譾〕
jiǎ	贾〔賈〕	jiǎn	硷〔鹼〕
jiǎ	槚〔檟〕	jiǎn	拣〔揀〕
jiǎ	钾〔鉀〕	jiǎn	枧〔梘〕
jià	价〔價〕	jiǎn	笕〔筧〕
jià	驾〔駕〕	jiǎn	茧〔繭〕
		jiǎn	检〔檢〕
jian		jiǎn	捡〔撿〕
		jiǎn	睑〔瞼〕
jiān	鹣〔鶼〕	jiǎn	俭〔儉〕
jiān	鳒〔鰜〕	jiǎn	裥〔襇〕
jiān	缣〔縑〕	jiǎn	锏〔鐧〕
jiān	戋〔戔〕	jiǎn	简〔簡〕
jiān	笺〔箋〕	jiàn	谏〔諫〕

jiàn	渐〔漸〕		jiǎng	桨〔槳〕
jiàn	槛〔檻〕		jiǎng	奖〔獎〕
jiàn	贱〔賤〕		jiǎng	蒋〔蔣〕
jiàn	溅〔濺〕		jiàng	将〔將〕
jiàn	践〔踐〕		jiàng	酱〔醬〕
jiàn	钱〔餞〕		jiàng	绛〔絳〕
jiàn	荐〔薦〕			
jiàn	鉴〔鑒〕		**jiao**	
jiàn	见〔見〕			
jiàn	舰〔艦〕		jiāo	胶〔膠〕
jiàn	剑〔劍〕		jiāo	鲛〔鮫〕
jiàn	键〔鍵〕		jiāo	鸡〔鵁〕
jiàn	间〔間〕		jiāo	浇〔澆〕
jiàn	涧〔澗〕		jiāo	骄〔驕〕
			jiāo	娇〔嬌〕
jiang			jiāo	鹪〔鷦〕
			jiǎo	饺〔餃〕
jiāng	姜〔薑〕		jiǎo	铰〔鉸〕
jiāng	将〔將〕		jiǎo	绞〔絞〕
jiāng	浆〔漿〕		jiǎo	侥〔僥〕
jiāng	缰〔繮〕		jiǎo	挢〔撟〕
jiǎng	讲〔講〕		jiǎo	矫〔矯〕

jiǎo	搅〔攪〕		jin
jiǎo	缴〔繳〕		
jiào	觉〔覺〕	jǐn	谨〔謹〕
jiào	较〔較〕	jǐn	馑〔饉〕
jiào	轿〔轎〕	jǐn	紧〔緊〕
jiào	峤〔嶠〕	jǐn	锦〔錦〕
		jǐn	仅〔僅〕
	jie	jǐn	尽〔儘〕
		jìn	劲〔勁〕
jiē	结〔結〕	jìn	进〔進〕
jiē	阶〔階〕	jìn	琎〔璡〕
jiē	疖〔癤〕	jìn	缙〔縉〕
jié	讦〔訐〕	jìn	觐〔覲〕
jié	洁〔潔〕	jìn	尽〔盡〕
jié	诘〔詰〕	jìn	浕〔濜〕
jié	颉〔頡〕	jìn	荩〔藎〕
jié	撷〔擷〕	jìn	赆〔贐〕
jié	结〔結〕	jìn	烬〔燼〕
jié	鲒〔鮚〕		
jié	节〔節〕		jing
jiè	借〔藉〕		
jiè	诫〔誡〕	jīng	惊〔驚〕

jīng	鲸〔鯨〕		ju
jīng	鹊〔鶄〕		
jīng	泾〔涇〕	jū	车〔車〕
jīng	茎〔莖〕	jū	驹〔駒〕
jīng	经〔經〕	jú	鶪〔鶪〕
jǐng	颈〔頸〕	jú	锔〔鋦〕
jǐng	刭〔剄〕	jǔ	举〔舉〕
jìng	镜〔鏡〕	jǔ	龃〔齟〕
jìng	竞〔競〕	jǔ	榉〔櫸〕
jìng	痉〔痙〕	jù	讵〔詎〕
jìng	劲〔勁〕	jù	惧〔懼〕
jìng	胫〔脛〕	jù	飓〔颶〕
jìng	径〔徑〕	jù	窭〔窶〕
jìng	靓〔靚〕	jù	屦〔屨〕
		jù	据〔據〕
	jiu	jù	剧〔劇〕
		jù	锯〔鋸〕
jiū	纠〔糾〕		
jiū	鸠〔鳩〕		juan
jiū	阄〔鬮〕		
jiù	鹫〔鷲〕	juān	鹃〔鵑〕
jiù	旧〔舊〕	juān	镌〔鐫〕

juǎn	卷〔捲〕	kāi	开〔開〕
juàn	绢〔絹〕	kāi	锎〔鐦〕
		kǎi	恺〔愷〕
	jue	kǎi	垲〔塏〕
		kǎi	剀〔剴〕
jué	觉〔覺〕	kǎi	铠〔鎧〕
jué	镢〔钁〕	kǎi	凯〔凱〕
jué	镬〔钁〕	kǎi	闿〔闓〕
jué	谲〔譎〕	kǎi	锴〔鍇〕
jué	诀〔訣〕	kài	忾〔愾〕
jué	绝〔絕〕		
			kan
	jun		
		kān	龛〔龕〕
jūn	军〔軍〕	kǎn	槛〔檻〕
jūn	鞁〔鞍〕		
jūn	钧〔鈞〕		**kang**
jùn	骏〔駿〕		
		kàng	钪〔鈧〕

Ⓚ

kai

kao

kào	铐〔銬〕	kēng	铿〔鏗〕

ke

kou

kē	颏〔頦〕	kōu	抠〔摳〕
kē	轲〔軻〕	kōu	眍〔瞘〕
kē	钶〔鈳〕		
kē	颗〔顆〕		**ku**
ké	壳〔殼〕		
kè	缂〔緙〕	kù	库〔庫〕
kè	克〔剋〕	kù	裤〔褲〕
kè	课〔課〕	kù	绔〔絝〕
kè	骒〔騍〕	kù	喾〔嚳〕
kè	锞〔錁〕		

kua

ken

kuā	夸〔誇〕

kěn	恳〔懇〕
kěn	垦〔墾〕

kuai

keng

kuǎi	㧟〔擓〕
kuài	会〔會〕

kuài	浍〔澮〕	kuàng	邝〔鄺〕
kuài	唅〔噲〕	kuàng	贶〔貺〕
kuài	郐〔鄶〕		
kuài	侩〔儈〕	**kui**	
kuài	脍〔膾〕		
kuài	鲙〔鱠〕	kuī	窥〔窺〕
kuài	狯〔獪〕	kuī	亏〔虧〕
kuài	块〔塊〕	kuī	岿〔巋〕
		kuì	溃〔潰〕
kuan		kuì	襑〔襀〕
		kuì	愦〔憒〕
kuān	宽〔寬〕	kuì	聩〔聵〕
kuān	髋〔髖〕	kuì	匮〔匱〕
		kuì	蒉〔蕢〕
kuang		kuì	馈〔饋〕
		kuì	篑〔簣〕
kuāng	诓〔誆〕		
kuáng	诳〔誑〕	**kun**	
kuàng	矿〔礦〕		
kuàng	圹〔壙〕	kūn	鲲〔鯤〕
kuàng	旷〔曠〕	kūn	锟〔錕〕
kuàng	纩〔纊〕	kǔn	壸〔壼〕

kǔn	阃〔閫〕	lái	铼〔錸〕
kùn	困〔睏〕	lái	徕〔徠〕
		lài	赖〔賴〕
	kuo	lài	濑〔瀨〕
		lài	癞〔癩〕
kuò	阔〔闊〕	lài	籁〔籟〕
kuò	扩〔擴〕	lài	睐〔睞〕
		lài	赉〔賚〕

L

	lan
	la
		lán	兰〔蘭〕
là	蜡〔蠟〕	lán	栏〔欄〕
là	腊〔臘〕	lán	拦〔攔〕
là	镴〔鑞〕	lán	阑〔闌〕
		lán	澜〔瀾〕
	lai	lán	谰〔讕〕
		lán	斓〔斕〕
lái	来〔來〕	lán	镧〔鑭〕
lái	涞〔淶〕	lán	褴〔襤〕
lái	莱〔萊〕	lán	蓝〔藍〕
lái	崃〔崍〕	lán	篮〔籃〕

lán	岚〔嵐〕	lǎo	铑〔銠〕
lǎn	懒〔懶〕	lào	涝〔澇〕
lǎn	览〔覽〕	lào	耢〔耮〕
lǎn	榄〔欖〕		
lǎn	揽〔攬〕		
lǎn	缆〔纜〕		**le**
làn	烂〔爛〕	lè	鳓〔鰳〕
làn	滥〔濫〕	lè	乐〔樂〕
		le	饹〔餎〕

lang

lei

láng	锒〔鋃〕		
láng	阆〔閬〕	léi	镭〔鐳〕
		léi	缧〔縲〕
	lao	lěi	累〔纍〕
		lěi	诔〔誄〕
lāo	捞〔撈〕	lěi	垒〔壘〕
láo	劳〔勞〕	lèi	类〔類〕
láo	唠〔嘮〕		
láo	崂〔嶗〕		**li**
láo	痨〔癆〕		
láo	铹〔鐒〕	lí	离〔離〕

lí	漓〔灕〕	lì	疬〔癧〕
lí	篱〔籬〕	lì	雳〔靂〕
lí	缡〔縭〕	lì	枥〔櫪〕
lí	骊〔驪〕	lì	苈〔藶〕
lí	鹂〔鸝〕	lì	呖〔嚦〕
lí	鲡〔鱺〕	lì	疠〔癘〕
lǐ	礼〔禮〕	lì	粝〔糲〕
lǐ	逦〔邐〕	lì	砺〔礪〕
lǐ	里〔裏〕	lì	蛎〔蠣〕
lǐ	锂〔鋰〕	lì	栎〔櫟〕
lǐ	鲤〔鯉〕	lì	轹〔轢〕
lǐ	鳢〔鱧〕	lì	隶〔隸〕
lì	丽〔麗〕		
lì	俪〔儷〕		**lia**
lì	郦〔酈〕		
lì	厉〔厲〕	liǎ	俩〔倆〕
lì	励〔勵〕		
lì	砾〔礫〕		**lian**
lì	历〔歷〕		
lì	〔曆〕	lián	帘〔簾〕
lì	沥〔瀝〕	lián	镰〔鐮〕
lì	坜〔壢〕	lián	联〔聯〕

lián	连〔連〕	liǎng	两〔兩〕
lián	涟〔漣〕	liǎng	俩〔倆〕
lián	莲〔蓮〕	liǎng	啊〔唡〕
lián	鲢〔鰱〕	liǎng	魉〔魎〕
lián	奁〔奩〕	liàng	谅〔諒〕
lián	怜〔憐〕	liàng	辆〔輛〕
lián	裢〔褳〕		
liǎn	琏〔璉〕		
liǎn	敛〔斂〕	**liao**	
liǎn	蔹〔蘞〕		
liǎn	脸〔臉〕	liáo	鹩〔鷯〕
liàn	恋〔戀〕	liáo	缭〔繚〕
liàn	链〔鏈〕	liáo	疗〔療〕
liàn	炼〔煉〕	liáo	辽〔遼〕
liàn	练〔練〕	liǎo	了〔瞭〕
liàn	潋〔瀲〕	liǎo	钌〔釕〕
liàn	殓〔殮〕	liào	镣〔鐐〕
liàn	裣〔襝〕		
		lie	
liang		liè	猎〔獵〕
		liè	鸳〔鴷〕
liáng	粮〔糧〕		

	lin			liu	
lín	辚〔轔〕		liú	飗〔飀〕	
lín	鳞〔鱗〕		liú	刘〔劉〕	
lín	临〔臨〕		liú	浏〔瀏〕	
lín	邻〔鄰〕		liú	骝〔騮〕	
lìn	蔺〔藺〕		liú	镏〔鎦〕	
lìn	躏〔躪〕		liú	馏〔餾〕	
lìn	赁〔賃〕		liǔ	绺〔綹〕	
			liù	鹨〔鷚〕	
	ling		liù	陆〔陸〕	
líng	鲮〔鯪〕			long	
líng	绫〔綾〕				
líng	龄〔齡〕		lóng	龙〔龍〕	
líng	铃〔鈴〕		lóng	泷〔瀧〕	
líng	鸰〔鴒〕		lóng	珑〔瓏〕	
líng	灵〔靈〕		lóng	聋〔聾〕	
líng	棂〔欞〕		lóng	栊〔櫳〕	
lǐng	领〔領〕		lóng	砻〔礱〕	
lǐng	岭〔嶺〕		lóng	笼〔籠〕	
			lóng	茏〔蘢〕	

lóng	咙〔嚨〕	lǒu	篓〔簍〕
lóng	昽〔曨〕	lòu	瘘〔瘻〕
lóng	胧〔朧〕	lòu	镂〔鏤〕
lǒng	笼〔籠〕	lou	喽〔嘍〕
lǒng	垄〔壟〕		
lǒng	拢〔攏〕		
lǒng	陇〔隴〕	**lu**	

lou

		lū	噜〔嚕〕
		lú	庐〔廬〕
		lú	炉〔爐〕
lōu	䁖〔瞜〕	lú	芦〔蘆〕
lóu	娄〔婁〕	lú	卢〔盧〕
lóu	偻〔僂〕	lú	泸〔瀘〕
lóu	楼〔樓〕	lú	垆〔壚〕
lóu	喽〔嘍〕	lú	栌〔櫨〕
lóu	溇〔漊〕	lú	轳〔轤〕
lóu	蒌〔蔞〕	lú	颅〔顱〕
lóu	髅〔髏〕	lú	鸬〔鸕〕
lóu	蝼〔螻〕	lú	胪〔臚〕
lóu	耧〔耬〕	lú	鲈〔鱸〕
lǒu	搂〔摟〕	lú	舻〔艫〕
lou	嵝〔嶁〕	lǔ	卤〔鹵〕

lǔ	〔滷〕	lǚ	偻〔僂〕
lǔ	虏〔虜〕	lǚ	褛〔褸〕
lǔ	掳〔擄〕	lǚ	缕〔縷〕
lǔ	鲁〔魯〕	lǚ	铝〔鋁〕
lǔ	橹〔櫓〕	lǜ	虑〔慮〕
lǔ	橹〔艪〕	lǜ	滤〔濾〕
lù	辘〔轆〕	lǜ	绿〔綠〕
lù	辂〔輅〕		
lù	赂〔賂〕		
lù	鹭〔鷺〕		**luan**
lù	陆〔陸〕	luán	娈〔孌〕
lù	录〔錄〕	luán	栾〔欒〕
lù	箓〔籙〕	luán	滦〔灤〕
lù	绿〔綠〕	luán	峦〔巒〕
lu	氇〔氌〕	luán	脔〔臠〕
		luán	銮〔鑾〕
	lü	luán	挛〔攣〕
		luán	鸾〔鸞〕
lǘ	驴〔驢〕	luán	孪〔孿〕
lǘ	闾〔閭〕	luàn	乱〔亂〕
lǘ	榈〔櫚〕		
lǚ	屡〔屢〕		**lun**

lūn	抡〔掄〕	luò	泺〔濼〕
lún	仑〔侖〕	luò	骆〔駱〕
lún	沦〔淪〕	luò	络〔絡〕
lún	轮〔輪〕		
lún	囵〔圇〕		**Ⓜ**
lún	纶〔綸〕		
lún	伦〔倫〕		m
lùn	论〔論〕		
		m̀	呒〔嘸〕
	luo		
			ma
luō	啰〔囉〕		
luó	骡〔騾〕	mā	妈〔媽〕
luó	脶〔腡〕	mǎ	马〔馬〕
luó	罗〔羅〕	mǎ	蚂〔螞〕
luó	逻〔邏〕	mǎ	玛〔瑪〕
luó	萝〔蘿〕	mǎ	码〔碼〕
luó	锣〔鑼〕	mǎ	犸〔獁〕
luó	箩〔籮〕	mà	骂〔罵〕
luó	椤〔欏〕	mà	唛〔嘜〕
luó	猡〔玀〕	ma	吗〔嗎〕
luò	荦〔犖〕		

mai

mǎi	买	〔買〕
mǎi	荬	〔蕒〕
mài	麦	〔麥〕
mài	卖	〔賣〕
mài	迈	〔邁〕

man

mān	颟	〔顢〕
mán	馒	〔饅〕
mán	鳗	〔鰻〕
mán	蛮	〔蠻〕
mán	瞒	〔瞞〕
mǎn	满	〔滿〕
mǎn	螨	〔蟎〕
màn	谩	〔謾〕
màn	缦	〔縵〕
màn	镘	〔鏝〕

mang

máng   铓 〔鋩〕

mao

máo	锚	〔錨〕
mǎo	铆	〔鉚〕
mào	贸	〔貿〕

me

me   么 〔麼〕

mei

méi	霉	〔黴〕
méi	镅	〔鎇〕
méi	鹛	〔鶥〕
měi	镁	〔鎂〕

men

mēn   闷 〔悶〕

mén	门〔門〕		mí	猕〔獼〕
mén	扪〔捫〕		mì	谧〔謐〕
mén	钔〔鍆〕		mì	觅〔覓〕
mèn	懑〔懣〕			
mèn	闷〔悶〕		**mian**	
mèn	焖〔燜〕			
men	们〔們〕		mián	绵〔綿〕
			miǎn	渑〔澠〕
meng			miǎn	缅〔緬〕
			miàn	面〔麵〕
méng	蒙〔矇〕			
méng	〔濛〕		**miao**	
méng	〔懞〕			
měng	锰〔錳〕		miáo	鹋〔鶓〕
mèng	梦〔夢〕		miǎo	缈〔緲〕
			miào	缪〔繆〕
mi			miào	庙〔廟〕
mí	谜〔謎〕		**mie**	
mí	祢〔禰〕			
mí	弥〔彌〕		miè	灭〔滅〕
mí	〔瀰〕		miè	蔑〔衊〕

	min

mín	缗〔緡〕
mǐn	闵〔閔〕
mǐn	悯〔憫〕
mǐn	闽〔閩〕
mǐn	黾〔黽〕
mǐn	鳘〔鰵〕

ming

míng	鸣〔鳴〕
míng	铭〔銘〕

miu

miù	谬〔謬〕
miù	缪〔繆〕

mo

mó	谟〔謨〕

mó	馍〔饃〕
mò	蓦〔驀〕

mou

móu	谋〔謀〕
móu	缪〔繆〕

mu

mǔ	亩〔畝〕
mù	钼〔鉬〕

Ⓝ

na

ná	镎〔錇〕
nà	钠〔鈉〕
nà	纳〔納〕

nan

	难〔難〕	něi	馁〔餒〕
nán	～道		
nàn	～民	**neng**	
nang		nèng	泞〔濘〕
náng	馕〔饢〕	**ni**	
nao		ní	鲵〔鯢〕
		ní	铌〔鈮〕
náo	挠〔撓〕	nǐ	拟〔擬〕
náo	蛲〔蟯〕	nì	腻〔膩〕
náo	铙〔鐃〕		
nǎo	恼〔惱〕	**nian**	
nǎo	脑〔腦〕		
nào	闹〔鬧〕	nián	鲇〔鮎〕
		nián	鲶〔鯰〕
ne		niǎn	辇〔輦〕
		niǎn	撵〔攆〕
nè	讷〔訥〕		
		niang	
nei			

niàng	酿〔釀〕	níng	咛〔嚀〕
		níng	狞〔獰〕
niao		níng	聍〔聹〕
			拧〔擰〕
niǎo	鸟〔鳥〕	níng	～手巾
niǎo	茑〔蔦〕	nǐng	～螺絲
niǎo	袅〔裊〕	nìng	宁〔寧〕
		nìng	泞〔濘〕
nie			
		niu	
niè	聂〔聶〕		
niè	颞〔顳〕	niǔ	钮〔鈕〕
niè	嗫〔囁〕	niǔ	纽〔紐〕
niè	蹑〔躡〕		
niè	镊〔鑷〕	**nong**	
niè	啮〔嚙〕		
niè	镍〔鎳〕	nóng	农〔農〕
		nóng	浓〔濃〕
ning		nóng	侬〔儂〕
		nóng	脓〔膿〕
níng	宁〔寧〕	nóng	哝〔噥〕
níng	柠〔檸〕		

	nu		ōu	区〔區〕
			ōu	讴〔謳〕
nú	驽〔駑〕		ōu	瓯〔甌〕
			ōu	鸥〔鷗〕
	nü		ōu	殴〔毆〕
			ōu	欧〔歐〕
nǚ	钕〔釹〕		ǒu	呕〔嘔〕
			òu	沤〔漚〕
	nüe		òu	怄〔慪〕

nüè	疟〔瘧〕	

P

	nuo	

pan

nuó	傩〔儺〕	
nuò	诺〔諾〕	pán	蹒〔蹣〕
nuò	锘〔鍩〕	pán	盘〔盤〕

O

pang

	ou	
		páng	鳑〔鰟〕
		páng	庞〔龐〕

	pei			pian	
péi	赔〔賠〕		pián	骈〔駢〕
péi	锫〔錇〕		piǎn	谝〔諞〕
pèi	辔〔轡〕		piàn	骗〔騙〕

	pen			piao	
pēn	喷〔噴〕		piāo	飘〔飄〕
			piāo	缥〔縹〕
	peng		piào	骠〔驃〕
péng	鹏〔鵬〕			pin	

	pi			pín	嫔〔嬪〕
			pín	频〔頻〕
pī	纰〔紕〕		pín	颦〔顰〕
pí	罴〔羆〕		pín	贫〔貧〕
pí	鲏〔鮍〕				
pí	铍〔鈹〕			ping	
pì	辟〔闢〕				
pì	䴙〔鷿〕		píng	评〔評〕

píng	苹〔蘋〕
píng	鲆〔鮃〕
píng	凭〔憑〕

po

pō	钋〔釙〕
pō	颇〔頗〕
pō	泼〔潑〕
pō	钹〔鏺〕
pǒ	钷〔鉕〕

pu

pū	铺〔鋪〕
pū	扑〔撲〕
pú	仆〔僕〕
pú	镤〔鏷〕
pǔ	谱〔譜〕
pǔ	镨〔鐠〕
pǔ	朴〔樸〕
pù	铺〔鋪〕

Ｑ

qi

qī	缉〔緝〕
qī	桤〔榿〕
qí	齐〔齊〕
qí	蛴〔蠐〕
qí	脐〔臍〕
qí	荠〔薺〕
qí	骑〔騎〕
qí	骐〔騏〕
qí	鳍〔鰭〕
qí	颀〔頎〕
qí	蕲〔蘄〕
qǐ	启〔啓〕
qǐ	绮〔綺〕
qǐ	岂〔豈〕
qì	碛〔磧〕
qì	气〔氣〕
qì	讫〔訖〕

qian

qiān	骞〔騫〕
qiān	谦〔謙〕
qiān	悭〔慳〕
qiān	牵〔牽〕
qiān	佥〔僉〕
qiān	签〔簽〕
qiān	〔籤〕
qiān	千〔韆〕
qiān	迁〔遷〕
qiān	钎〔釬〕
qiān	铅〔鉛〕
qiān	鸻〔鵮〕
qián	荨〔蕁〕
qián	钳〔鉗〕
qián	钱〔錢〕
qián	钤〔鈐〕
qiǎn	浅〔淺〕
qiǎn	谴〔譴〕
qiǎn	缱〔繾〕
qiàn	堑〔塹〕

qiàn	椠〔槧〕
qiàn	纤〔縴〕

qiang

qiāng	玱〔瑲〕
qiāng	枪〔槍〕
qiāng	锖〔錆〕
qiáng	墙〔牆〕
qiáng	蔷〔薔〕
qiáng	樯〔檣〕
qiáng	嫱〔嬙〕
qiǎng	镪〔鏹〕
qiǎng	羟〔羥〕
qiǎng	抢〔搶〕
qiàng	炝〔熗〕
qiàng	戗〔戧〕
qiàng	跄〔蹌〕
qiàng	呛〔嗆〕

qiao

qiāo	硗〔磽〕	qiè	窃〔竊〕
qiāo	跷〔蹺〕		
qiāo	锹〔鍬〕	**qin**	
qiāo	缲〔繰〕		
qiáo	翘〔翹〕	qīn	亲〔親〕
qiáo	乔〔喬〕	qīn	钦〔欽〕
qiáo	桥〔橋〕	qīn	嵚〔嶔〕
qiáo	硚〔礄〕	qīn	骎〔駸〕
qiáo	侨〔僑〕	qǐn	寝〔寢〕
qiáo	鞒〔鞽〕	qǐn	锓〔鋟〕
qiáo	荞〔蕎〕	qìn	揿〔撳〕
qiáo	谯〔譙〕		
qiào	壳〔殼〕	**qing**	
qiào	窍〔竅〕		
qiào	诮〔誚〕	qīng	鲭〔鯖〕
qiào	翘〔翹〕	qīng	轻〔輕〕
		qīng	氢〔氫〕
qie		qīng	倾〔傾〕
		qíng	䝼〔䞍〕
qiè	锲〔鍥〕	qǐng	请〔請〕
qiè	惬〔愜〕	qǐng	顷〔頃〕
qiè	箧〔篋〕	qǐng	廎〔廎〕

qìng	庆〔慶〕

qiong

qióng	穷〔窮〕
qióng	茕〔藭〕
qióng	琼〔瓊〕
qióng	茕〔煢〕

qiu

qiū	秋〔鞦〕
qiū	鹙〔鶖〕
qiū	鳅〔鰍〕
qiū	鳛〔鰌〕
qiú	硫〔甒〕

qu

qū	曲〔麯〕
qū	区〔區〕
qū	驱〔驅〕
qū	岖〔嶇〕
qū	躯〔軀〕
qū	诎〔詘〕
qū	趋〔趨〕
qú	鸲〔鴝〕
qǔ	龋〔齲〕
qù	觑〔覷〕
qù	阒〔闃〕

quan

quán	权〔權〕
quán	颧〔顴〕
quán	铨〔銓〕
quán	诠〔詮〕
quǎn	绻〔綣〕
quàn	劝〔勸〕

que

què	悫〔慤〕
què	鹊〔鵲〕

què	阙〔闕〕
què	确〔確〕
què	阕〔闋〕

Ⓡ

rang

| ràng | 让〔讓〕 |

rao

ráo	桡〔橈〕
ráo	荛〔蕘〕
ráo	饶〔饒〕
ráo	娆〔嬈〕
rǎo	扰〔擾〕
rào	绕〔繞〕

re

| rè | 热〔熱〕 |

ren

rèn	认〔認〕
rèn	饪〔飪〕
rèn	纴〔紝〕
rèn	轫〔軔〕
rèn	纫〔紉〕
rèn	韧〔韌〕

rong

róng	荣〔榮〕
róng	蝾〔蠑〕
róng	嵘〔嶸〕
róng	绒〔絨〕

ru

rú	铷〔銣〕
rú	颥〔顬〕
rù	缛〔縟〕

	ruan
ruǎn	软〔軟〕
	rui
ruì	锐〔銳〕
	run
rùn	闰〔閏〕
rùn	润〔潤〕
	Ⓢ
	sa
sǎ	洒〔灑〕
sà	飒〔颯〕
sà	萨〔薩〕
	sai

sāi	鳃〔鰓〕
sài	赛〔賽〕
	san
sān	毵〔毿〕
sǎn	馓〔饊〕
sǎn	伞〔傘〕
	sang
sāng	丧〔喪〕
sǎng	颡〔顙〕
sàng	丧〔喪〕
	sao
sāo	骚〔騷〕
sāo	缫〔繅〕
sǎo	扫〔掃〕
	se

sè	涩〔澀〕
sè	嗇〔嗇〕
sè	穑〔穡〕
sè	铯〔銫〕

sha

shā	鲨〔鯊〕
shā	纱〔紗〕
shā	杀〔殺〕
shā	铩〔鎩〕

shai

shāi	筛〔篩〕
shāi	酾〔釃〕
shài	晒〔曬〕

shan

shān	钐〔釤〕
shǎn	陕〔陝〕

shǎn	闪〔閃〕
shàn	镨〔鐥〕
shàn	鳝〔鱔〕
shàn	缮〔繕〕
shàn	掸〔撣〕
shàn	骟〔騸〕
shàn	镉〔鎬〕
shàn	禅〔禪〕
shàn	讪〔訕〕
shàn	赡〔贍〕

shang

shāng	殇〔殤〕
shāng	觞〔觴〕
shāng	伤〔傷〕
shǎng	赏〔賞〕

shao

shāo	烧〔燒〕
shào	绍〔紹〕

she

shē	赊〔賒〕
shě	舍〔捨〕
shè	设〔設〕
shè	滠〔灄〕
shè	慑〔懾〕
shè	摄〔攝〕
shè	厍〔厙〕

shei

| shéi | 谁〔誰〕 |

shen

shēn	绅〔紳〕
shēn	参〔參〕
shēn	糁〔糝〕
shěn	审〔審〕
shěn	谉〔讅〕
shěn	婶〔嬸〕

shěn	沈〔瀋〕
shěn	谂〔諗〕
shèn	肾〔腎〕
shèn	渗〔滲〕
shèn	瘆〔瘮〕

sheng

shēng	声〔聲〕
shéng	渑〔澠〕
shéng	绳〔繩〕
shèng	胜〔勝〕
shèng	圣〔聖〕

shi

shī	湿〔濕〕
shī	诗〔詩〕
shī	师〔師〕
shī	浉〔溮〕
shī	狮〔獅〕
shī	鸤〔鳲〕

shī	酾〔釃〕		shòu	兽〔獸〕
shí	实〔實〕		shòu	寿〔壽〕
shí	埘〔塒〕		shòu	绶〔綬〕
shí	鲥〔鰣〕			
shí	识〔識〕			**shu**
shí	时〔時〕			
shí	蚀〔蝕〕		shū	枢〔樞〕
shǐ	驶〔駛〕		shū	摅〔攄〕
shì	饰〔鰤〕		shū	输〔輸〕
shì	视〔視〕		shū	纾〔紓〕
shì	谥〔謚〕		shū	书〔書〕
shì	试〔試〕		shú	赎〔贖〕
shì	轼〔軾〕		shǔ	属〔屬〕
shì	势〔勢〕			数〔數〕
shì	莳〔蒔〕		shǔ	～落
shì	贳〔貰〕		shù	～字
shì	释〔釋〕		shù	树〔樹〕
shì	饰〔飾〕		shù	术〔術〕
shì	适〔適〕		shù	竖〔豎〕

shou

shuai

shuài	帅〔帥〕		shuō	硕〔碩〕
			shuò	烁〔爍〕
shuan			shuò	铄〔鑠〕
shuān	闩〔閂〕		**si**	
shuang			sī	锶〔鍶〕
			sī	飔〔颸〕
shuāng	双〔雙〕		sī	缌〔緦〕
shuāng	泷〔瀧〕		sī	丝〔絲〕
			sī	咝〔噝〕
shui			sī	鸶〔鷥〕
			sī	蛳〔螄〕
shuí	谁〔誰〕		sì	驷〔駟〕
			sì	饲〔飼〕
shun			**song**	
shùn	顺〔順〕		sōng	松〔鬆〕
			sǒng	怂〔慫〕
shuo			sǒng	耸〔聳〕
shuō	说〔說〕		sǒng	扨〔攫〕

sòng	讼〔訟〕	suī	虽〔雖〕
sòng	颂〔頌〕	suí	随〔隨〕
sòng	诵〔誦〕	suí	绥〔綏〕
		suì	岁〔歲〕
	sou	suì	谇〔誶〕

sōu	馊〔餿〕		
sōu	锼〔鎪〕		**sun**
sōu	飕〔颼〕		
sǒu	薮〔藪〕	sūn	孙〔孫〕
sǒu	擞〔擻〕	sūn	荪〔蓀〕
		sūn	狲〔猻〕
	su	sūn	损〔損〕

sū	苏〔蘇〕		
sū	〔嗉〕		**suo**
sū	稣〔穌〕		
sù	谡〔謖〕	suō	缩〔縮〕
sù	诉〔訴〕	suǒ	琐〔瑣〕
sù	肃〔肅〕	suǒ	唢〔嗩〕
		suǒ	锁〔鎖〕

sui

T

ta

tā	铊〔鉈〕
tǎ	鳎〔鰨〕
tǎ	獭〔獺〕
tà	达〔澾〕
tà	挞〔撻〕
tà	闼〔闥〕

tai

tái	台〔臺〕
tái	〔檯〕
tái	〔颱〕
tái	骀〔駘〕
tái	鲐〔鮐〕
tài	态〔態〕
tài	钛〔鈦〕

tan

tān	滩〔灘〕
tān	瘫〔癱〕
tān	摊〔攤〕
tān	贪〔貪〕
tán	谈〔談〕
tán	坛〔壇〕
tán	〔罎〕
tán	谭〔譚〕
tán	昙〔曇〕
tán	弹〔彈〕
tǎn	钽〔鉭〕
tàn	叹〔嘆〕

tang

tāng	镗〔鏜〕
tāng	汤〔湯〕
tǎng	傥〔儻〕
tǎng	镋〔钂〕
tàng	烫〔燙〕

tao

tāo	涛〔濤〕	tí	缇〔緹〕
tāo	韬〔韜〕	tí	题〔題〕
tāo	绦〔縧〕	tǐ	体〔體〕
tāo	焘〔燾〕		
tǎo	讨〔討〕		

tian

te

| | | tián | 阗〔闐〕 |

| tè | 铽〔鋱〕 |

tiao

teng

		tiáo	条〔條〕
		tiáo	鲦〔鰷〕
téng	誊〔謄〕	tiáo	龆〔齠〕
téng	腾〔騰〕	tiáo	调〔調〕
téng	滕〔縢〕	tiào	粜〔糶〕

ti

tie

tī	锑〔銻〕	tiē	贴〔貼〕
tī	鹏〔鶗〕	tiě	铁〔鐵〕
tí	鹈〔鵜〕		
tí	绨〔綈〕		

ting

tīng	厅〔廳〕		tǔ	钍〔釷〕
tīng	烃〔烴〕			
tīng	听〔聽〕		**tuan**	
tǐng	颋〔頲〕			
tǐng	铤〔鋌〕		tuán	抟〔摶〕
			tuán	团〔團〕
tong			tuán	〔糰〕
tóng	铜〔銅〕		**tui**	
tóng	鲖〔鮦〕			
tǒng	统〔統〕		tuí	颓〔頹〕
tòng	恸〔慟〕			
			tun	
tou				
			tún	饨〔飩〕
tóu	头〔頭〕			
tǒu	钭〔鈄〕		**tuo**	
tu			tuō	饦〔飥〕
			tuó	驼〔駝〕
tú	图〔圖〕		tuó	鸵〔鴕〕
tú	涂〔塗〕		tuó	驮〔馱〕

tuó	鼍〔鼉〕		wán	顽〔頑〕
tuǒ	椭〔橢〕		wǎn	绾〔綰〕
tuò	萚〔蘀〕		wàn	万〔萬〕
tuò	箨〔籜〕			

W

wang

wa

			wǎng	网〔網〕
			wǎng	辋〔輞〕

wā	娲〔媧〕			
wā	洼〔窪〕			**wei**
wà	袜〔襪〕			
			wéi	为〔爲〕
			wéi	沩〔潙〕
wai			wéi	维〔維〕
			wéi	潍〔濰〕
wāi	㖞〔喎〕		wéi	韦〔韋〕
			wéi	违〔違〕
			wéi	围〔圍〕
wan			wéi	涠〔潿〕
			wéi	帏〔幃〕
wān	弯〔彎〕		wéi	闱〔闈〕
wān	湾〔灣〕		wéi	硙〔磑〕
wán	纨〔紈〕			

wěi	伪〔僞〕		**wo**	
wěi	鲔〔鮪〕			
wěi	诿〔諉〕	wō	涡〔渦〕	
wěi	炜〔煒〕	wō	窝〔窩〕	
wěi	玮〔瑋〕	wō	莴〔萵〕	
wěi	苇〔葦〕	wō	蜗〔蝸〕	
wěi	韪〔韙〕	wō	挝〔撾〕	
wěi	伟〔偉〕	wò	龌〔齷〕	
wěi	纬〔緯〕			
wèi	为〔爲〕		**wu**	
wèi	谓〔謂〕			
wèi	卫〔衛〕	wū	诬〔誣〕	
		wū	乌〔烏〕	
	wen	wū	呜〔嗚〕	
		wū	钨〔鎢〕	
wēn	鳁〔鰮〕	wū	邬〔鄔〕	
wén	纹〔紋〕	wú	无〔無〕	
wén	闻〔聞〕	wú	芜〔蕪〕	
wén	阌〔閿〕	wǔ	妩〔嫵〕	
wěn	稳〔穩〕	wǔ	怃〔憮〕	
wèn	问〔問〕	wǔ	庑〔廡〕	
		wǔ	鹉〔鵡〕	

wù	坞〔塢〕	xì	〔繫〕
wù	务〔務〕	xì	细〔細〕
wù	雾〔霧〕	xì	阋〔鬩〕
wù	鹜〔鶩〕	xì	戏〔戲〕
wù	鹜〔鶩〕	xì	饩〔餼〕
wù	误〔誤〕		
wù	恶〔惡〕		**xia**

Ⓧ

xi

		xiā	虾〔蝦〕
		xiá	辖〔轄〕
xī	牺〔犧〕	xiá	硖〔硤〕
xī	饻〔餏〕	xiá	峡〔峽〕
xī	锡〔錫〕	xiá	侠〔俠〕
xí	袭〔襲〕	xiá	狭〔狹〕
xí	觋〔覡〕	xià	吓〔嚇〕
xí	习〔習〕		
xí	鳛〔鰼〕		**xian**
xǐ	玺〔璽〕		
xǐ	铣〔銑〕	xiān	鲜〔鮮〕
xì	系〔係〕	xiān	纤〔纖〕
		xiān	跹〔躚〕
		xiān	锨〔鍁〕

xiān	莶〔薟〕	xiàn	馅〔餡〕
xián	贤〔賢〕		
xián	咸〔鹹〕		**xiang**
xián	衔〔銜〕		
xián	挦〔撏〕	xiāng	骧〔驤〕
xián	闲〔閑〕	xiāng	镶〔鑲〕
xián	鹇〔鷴〕	xiāng	乡〔鄉〕
xián	娴〔嫻〕	xiāng	芗〔薌〕
xián	痫〔癇〕	xiāng	缃〔緗〕
xiǎn	藓〔蘚〕	xiáng	详〔詳〕
xiǎn	蚬〔蜆〕	xiǎng	鲞〔鯗〕
xiǎn	显〔顯〕	xiǎng	响〔響〕
xiǎn	险〔險〕	xiǎng	饷〔餉〕
xiǎn	铣〔銑〕	xiǎng	飨〔饗〕
xiǎn	猃〔獫〕	xiàng	向〔嚮〕
xiàn	献〔獻〕	xiàng	项〔項〕
xiàn	线〔線〕		
xiàn	现〔現〕		**xiao**
xiàn	苋〔莧〕		
xiàn	岘〔峴〕	xiāo	骁〔驍〕
xiàn	县〔縣〕	xiāo	哓〔嘵〕
xiàn	宪〔憲〕	xiāo	销〔銷〕

xiāo	绡〔綃〕		xiè	泻〔瀉〕
xiāo	嚣〔囂〕		xiè	绁〔紲〕
xiāo	枭〔梟〕		xiè	谢〔謝〕
xiāo	鸮〔鴞〕			
xiāo	萧〔蕭〕		**xin**	
xiāo	潇〔瀟〕			
xiāo	蟏〔蠨〕		xīn	锌〔鋅〕
xiāo	箫〔簫〕		xīn	䜣〔訢〕
xiǎo	晓〔曉〕		xīn	嵚〔礐〕
xiào	啸〔嘯〕			

xie

			xing	
			xīng	兴〔興〕
xié	颉〔頡〕		xíng	荥〔滎〕
xié	撷〔擷〕		xíng	钘〔鈃〕
xié	缬〔纈〕		xíng	铏〔鉶〕
xié	协〔協〕		xíng	陉〔陘〕
xié	挟〔挾〕		xíng	饧〔餳〕
xié	胁〔脅〕		xìng	兴〔興〕
xié	谐〔諧〕			
xiě	写〔寫〕		**xiong**	
xiè	亵〔褻〕			

xiōng	讻〔訩〕	xuān	轩〔軒〕
xiòng	诇〔詗〕	xuān	谖〔諼〕
		xuán	悬〔懸〕
xiu		xuǎn	选〔選〕
		xuǎn	癣〔癬〕
xiū	馐〔饈〕	xuàn	旋〔鏇〕
xiū	鸺〔鵂〕	xuàn	铉〔鉉〕
xiù	绣〔綉〕	xuàn	绚〔絢〕
xiù	锈〔銹〕		
		xue	
xu			
		xué	学〔學〕
xū	须〔須〕	xué	峃〔嶨〕
xū	〔鬚〕	xuě	鳕〔鱈〕
xū	顼〔頊〕	xuè	谑〔謔〕
xū	谞〔諝〕		
xǔ	许〔許〕	**xun**	
xǔ	诩〔詡〕		
xù	续〔續〕	xūn	勋〔勛〕
xù	绪〔緒〕	xūn	埙〔壎〕
		xún	询〔詢〕
xuan		xún	寻〔尋〕

xún	浔〔潯〕	yà	轧〔軋〕
xún	鲟〔鱘〕		
xùn	驯〔馴〕	**yan**	
xùn	训〔訓〕		
xùn	讯〔訊〕	yān	阏〔閼〕
xùn	逊〔遜〕	yān	阉〔閹〕
		yān	恹〔懨〕
Y		yán	颜〔顏〕
		yán	盐〔鹽〕
		yán	严〔嚴〕
ya		yán	阎〔閻〕
		yǎn	厣〔厴〕
yā	压〔壓〕	yǎn	鼹〔鼴〕
yā	鸦〔鴉〕	yǎn	魇〔魘〕
yā	鸭〔鴨〕	yǎn	俨〔儼〕
yā	垭〔埡〕	yǎn	龚〔龑〕
yá	钘〔釾〕	yàn	谚〔諺〕
yǎ	哑〔啞〕	yàn	谳〔讞〕
yà	氩〔氬〕	yàn	厌〔厭〕
yà	亚〔亞〕	yàn	餍〔饜〕
yà	挜〔掗〕	yàn	赝〔贗〕
yà	娅〔婭〕	yàn	艳〔艷〕
yà	讶〔訝〕		

yàn	滟〔灧〕	yáo	尧〔堯〕
yàn	谳〔讞〕	yáo	峣〔嶢〕
yàn	砚〔硯〕	yáo	谣〔謠〕
yàn	赝〔贋〕	yáo	铫〔銚〕
yàn	酽〔釅〕	yáo	轺〔軺〕
yàn	验〔驗〕	yào	疟〔瘧〕
		yào	鹞〔鷂〕
yang		yào	钥〔鑰〕
		yào	药〔藥〕
yāng	鸯〔鴦〕		
yáng	疡〔瘍〕	**ye**	
yáng	炀〔煬〕		
yáng	杨〔楊〕	yé	爷〔爺〕
yáng	扬〔揚〕	yè	靥〔靨〕
yáng	旸〔暘〕	yè	页〔頁〕
yáng	钖〔錫〕	yè	烨〔燁〕
yáng	阳〔陽〕	yè	晔〔曄〕
yǎng	痒〔癢〕	yè	业〔業〕
yǎng	养〔養〕	yè	邺〔鄴〕
yàng	样〔樣〕	yè	叶〔葉〕
		yè	谒〔謁〕
yao			

	yi			yì	峄〔嶧〕
				yì	绎〔繹〕
yī	铱〔銥〕			yì	义〔義〕
yī	医〔醫〕			yì	议〔議〕
yī	鹥〔鷖〕			yì	轶〔軼〕
yī	祎〔禕〕			yì	艺〔藝〕
yí	颐〔頤〕			yì	呓〔囈〕
yí	遗〔遺〕			yì	亿〔億〕
yí	仪〔儀〕			yì	忆〔憶〕
yí	诒〔詒〕			yì	诣〔詣〕
yí	贻〔貽〕			yì	镱〔鐿〕
yí	饴〔飴〕				
yǐ	蚁〔蟻〕				yin
yǐ	钇〔釔〕				
yì	谊〔誼〕			yīn	铟〔銦〕
yì	瘗〔瘞〕			yīn	阴〔陰〕
yì	镒〔鎰〕			yīn	荫〔蔭〕
yì	缢〔縊〕			yín	龈〔齦〕
yì	勚〔勩〕			yín	银〔銀〕
yì	怿〔懌〕			yǐn	饮〔飲〕
yì	译〔譯〕			yǐn	隐〔隱〕
yì	驿〔驛〕			yǐn	瘾〔癮〕

yìn 鲫〔鮣〕

ying

yīng 应〔應〕
yīng 鹰〔鷹〕
yīng 莺〔鶯〕
yīng 罂〔罌〕
yīng 婴〔嬰〕
yīng 璎〔瓔〕
yīng 樱〔櫻〕
yīng 撄〔攖〕
yīng 嘤〔嚶〕
yīng 鹦〔鸚〕
yīng 缨〔纓〕
yíng 荧〔熒〕
yíng 莹〔瑩〕
yíng 茔〔塋〕
yíng 萤〔螢〕
yíng 萦〔縈〕
yíng 营〔營〕
yíng 赢〔贏〕
yíng 蝇〔蠅〕
yǐng 瘿〔癭〕
yǐng 颖〔穎〕
yǐng 颍〔潁〕
yìng 应〔應〕

yo

yo 哟〔喲〕

yong

yōng 痈〔癰〕
yōng 拥〔擁〕
yōng 佣〔傭〕
yōng 镛〔鏞〕
yōng 鳙〔鱅〕
yóng 颙〔顒〕
yǒng 踊〔踴〕

you

yōu	忧〔憂〕	yǔ	语〔語〕
yōu	优〔優〕	yǔ	龉〔齬〕
yóu	鱿〔魷〕	yǔ	伛〔傴〕
yóu	犹〔猶〕	yǔ	屿〔嶼〕
yóu	莸〔蕕〕	yù	誉〔譽〕
yóu	铀〔鈾〕	yù	钰〔鈺〕
yóu	邮〔郵〕	yù	吁〔籲〕
yǒu	铕〔銪〕	yù	御〔禦〕
yòu	诱〔誘〕	yù	驭〔馭〕
		yù	阈〔閾〕
	yu	yù	妪〔嫗〕
		yù	郁〔鬱〕
yū	纡〔紆〕	yù	谕〔諭〕
yú	舆〔輿〕	yù	鹆〔鵒〕
yú	欤〔歟〕	yù	饫〔飫〕
yú	余〔餘〕	yù	狱〔獄〕
yú	觎〔覦〕	yù	预〔預〕
yú	谀〔諛〕	yù	滪〔澦〕
yú	鱼〔魚〕	yù	蓣〔蕷〕
yú	渔〔漁〕	yù	鹬〔鷸〕
yú	歟〔歟〕		
yǔ	与〔與〕		**yuan**

yuān	渊〔淵〕
yuān	鸢〔鳶〕
yuān	鸳〔鴛〕
yuán	鼋〔黿〕
yuán	园〔園〕
yuán	辕〔轅〕
yuán	员〔員〕
yuán	圆〔圓〕
yuán	缘〔緣〕
yuán	橼〔櫞〕
yuǎn	远〔遠〕
yuàn	愿〔願〕

yue

yuē	约〔約〕
yuě	哕〔噦〕
yuè	阅〔閱〕
yuè	钺〔鉞〕
yuè	跃〔躍〕
yuè	乐〔樂〕
yuè	钥〔鑰〕

yun

yūn	晕〔暈〕
yún	云〔雲〕
yún	芸〔蕓〕
yún	纭〔紜〕
yún	涢〔溳〕
yún	郧〔鄖〕
yǔn	殒〔殞〕
yǔn	陨〔隕〕
yùn	恽〔惲〕
yùn	晕〔暈〕
yùn	郓〔鄆〕
yùn	运〔運〕
yùn	酝〔醞〕
yùn	韫〔韞〕
yùn	缊〔縕〕
yùn	蕴〔蘊〕

Ⓩ

za

| zā | 膌〔臢〕 | zǎng | 駔〔駔〕 |
| zá | 杂〔雜〕 | zàng | 脏〔髒〕 |

| | **zai** | | **zao** |

	载〔載〕	záo	凿〔鑿〕
zǎi	記～	zǎo	枣〔棗〕
zài	～重	zào	灶〔竈〕

| | **zan** | | **ze** |

zǎn	趱〔趲〕	zé	责〔責〕
zǎn	攒〔攢〕	zé	赜〔賾〕
zàn	錾〔鏨〕	zé	啧〔嘖〕
zàn	暂〔暫〕	zé	帻〔幘〕
zàn	赞〔贊〕	zé	箦〔簀〕
zàn	瓒〔瓚〕	zé	则〔則〕
		zé	泽〔澤〕
	zang	zé	择〔擇〕

| zāng | 赃〔臟〕 | | **zei** |
| zāng | 脏〔髒〕 | | |

zéi	贼〔賊〕		**zhai**
zéi	鲗〔鰂〕		
		zhāi	斋〔齋〕
	zen	zhài	债〔債〕
zèn	谮〔譖〕		**zhan**
	zeng	zhān	鹯〔鸇〕
		zhān	鳣〔鱣〕
zēng	缯〔繒〕	zhān	毡〔氈〕
zèng	赠〔贈〕	zhān	觇〔覘〕
zèng	锃〔鋥〕	zhān	谵〔譫〕
		zhǎn	斩〔斬〕
	zha	zhǎn	崭〔嶄〕
		zhǎn	盏〔盞〕
zhá	铡〔鍘〕	zhǎn	辗〔輾〕
zhá	闸〔閘〕	zhàn	绽〔綻〕
zhá	轧〔軋〕	zhàn	颤〔顫〕
zhǎ	鲝〔鮺〕	zhàn	栈〔棧〕
zhǎ	鲊〔鮓〕	zhàn	战〔戰〕
zhà	诈〔詐〕		
			zhang

zhāng	张〔張〕		zhě	锗〔鍺〕
zhǎng	长〔長〕		zhè	这〔這〕
zhǎng	涨〔漲〕		zhè	鹧〔鷓〕
zhàng	帐〔帳〕			
zhàng	账〔賬〕			**zhen**
zhàng	胀〔脹〕			
zhàng	涨〔漲〕		zhēn	针〔針〕
			zhēn	贞〔貞〕
	zhao		zhēn	帧〔幀〕
			zhēn	浈〔湞〕
zhāo	钊〔釗〕		zhēn	祯〔禎〕
zhào	赵〔趙〕		zhēn	桢〔楨〕
zhào	诏〔詔〕		zhēn	侦〔偵〕
			zhěn	缜〔縝〕
	zhe		zhěn	诊〔診〕
			zhěn	轸〔軫〕
zhé	谪〔謫〕		zhèn	鸩〔鴆〕
zhé	辙〔轍〕		zhèn	赈〔賑〕
zhé	蛰〔蟄〕		zhèn	镇〔鎮〕
zhé	辄〔輒〕		zhèn	纼〔紖〕
zhé	詟〔讋〕		zhèn	阵〔陣〕
zhé	折〔摺〕			

zheng

zhēng	钲〔鉦〕
zhēng	征〔徵〕
zhēng	铮〔錚〕
zhèng	症〔癥〕
zhèng	郑〔鄭〕
zhèng	证〔證〕
zhèng	诤〔諍〕
zhèng	阐〔闡〕

zhi

zhī	只〔隻〕
zhī	织〔織〕
zhí	职〔職〕
zhí	踯〔躑〕
zhí	执〔執〕
zhí	絷〔縶〕
zhǐ	只〔祇〕
zhǐ	纸〔紙〕
zhì	挚〔摯〕

zhì	贽〔贄〕
zhì	鸷〔鷙〕
zhì	掷〔擲〕
zhì	滞〔滯〕
zhì	栉〔櫛〕
zhì	轾〔輊〕
zhì	致〔緻〕
zhì	帜〔幟〕
zhì	制〔製〕
zhì	质〔質〕
zhì	踬〔躓〕
zhì	锧〔鑕〕
zhì	骘〔騭〕

zhong

zhōng	终〔終〕
zhōng	钟〔鐘〕
zhōng	〔鍾〕
zhǒng	种〔種〕
zhǒng	肿〔腫〕
zhòng	众〔眾〕

zhòng	种〔種〕

zhou

zhōu	诌〔謅〕
zhōu	赒〔賙〕
zhōu	鸼〔鵃〕
zhóu	轴〔軸〕
zhòu	纣〔紂〕
zhòu	荮〔葤〕
zhòu	骤〔驟〕
zhòu	皱〔皺〕
zhòu	绉〔縐〕
zhòu	㤘〔㑳〕
zhòu	㑇〔㑦〕
zhòu	昼〔晝〕

zhu

zhū	诸〔諸〕
zhū	槠〔櫧〕
zhū	朱〔硃〕

zhū	诛〔誅〕
zhū	铢〔銖〕
zhú	烛〔燭〕
zhǔ	嘱〔囑〕
zhǔ	瞩〔矚〕
zhù	贮〔貯〕
zhù	驻〔駐〕
zhù	铸〔鑄〕
zhù	筑〔築〕

zhua

zhuā	挝〔撾〕

zhuan

zhuān	专〔專〕
zhuān	砖〔磚〕
zhuān	腨〔膞〕
zhuān	颛〔顓〕
zhuǎn	转〔轉〕
zhuàn	啭〔囀〕

zhuàn　赚〔賺〕

zhuàn　传〔傳〕

zhuàn　转〔轉〕

zhuàn　馔〔饌〕

zhuang

zhuāng　妆〔妝〕

zhuāng　装〔裝〕

zhuāng　庄〔莊〕

zhuāng　桩〔樁〕

zhuàng　戆〔戆〕

zhuàng　壮〔壯〕

zhuàng　状〔狀〕

zhui

zhuī　骓〔騅〕

zhuī　锥〔錐〕

zhuì　赘〔贅〕

zhuì　缒〔縋〕

zhuì　缀〔綴〕

zhuì　坠〔墜〕

zhun

zhūn　谆〔諄〕

zhǔn　准〔準〕

zhuo

zhuō　锗〔鐯〕

zhuó　浊〔濁〕

zhuó　诼〔諑〕

zhuó　镯〔鐲〕

zi

zī　谘〔諮〕

zī　资〔資〕

zī　镃〔鎡〕

zī　龇〔齜〕

zī　辎〔輜〕

zī　锱〔錙〕

zī	缁〔緇〕
zī	鲻〔鯔〕
zì	渍〔漬〕

zong

zōng	综〔綜〕
zōng	枞〔樅〕
zǒng	总〔總〕
zòng	纵〔縱〕

zou

zōu	诹〔諏〕
zōu	鲰〔鯫〕
zōu	驺〔騶〕
zōu	邹〔鄒〕

zu

zú	镞〔鏃〕
zǔ	诅〔詛〕

zǔ	组〔組〕

zuan

zuān	钻〔鑽〕
zuān	躜〔躦〕
zuǎn	缵〔纘〕
zuàn	钻〔鑽〕
zuàn	赚〔賺〕

zun

zūn	鳟〔鱒〕

zuo

zuò	凿〔鑿〕

二、從簡體字查繁體字

2 畫

厂〔廠〕 chǎng
卜〔蔔〕 bo
儿〔兒〕 er
几〔幾〕
　～乎　 jī
　～何　 jǐ
了〔瞭〕 liǎo

3 畫

干〔乾〕 gān
　〔幹〕 gàn
亏〔虧〕 kuī
才〔纔〕 cái
万〔萬〕 wàn

与〔與〕 yǔ
千〔韆〕 qiān
亿〔億〕 yì
个〔個〕 gè
么〔麼〕 me
广〔廣〕 guǎng
门〔門〕 mén
义〔義〕 yì
卫〔衛〕 wèi
飞〔飛〕 fēi
习〔習〕 xí
马〔馬〕 mǎ
乡〔鄉〕 xiāng

4 畫

【一】

丰〔豐〕	fēng
开〔開〕	kāi
无〔無〕	wú
韦〔韋〕	wéi
专〔專〕	zhuān
云〔雲〕	yún
艺〔藝〕	yì
厅〔廳〕	tīng
历〔歷〕	lì
〔曆〕	lì
区〔區〕	
姓～	ōu
地～	qū
车〔車〕	chē

【丨】

冈〔岡〕	gāng
贝〔貝〕	bèi
见〔見〕	jiàn

【丿】

气〔氣〕	qì
长〔長〕	
～期	cháng
生～	zhǎng
仆〔僕〕	pú
币〔幣〕	bì
从〔從〕	cóng
仑〔侖〕	lún
仓〔倉〕	cāng
风〔風〕	fēng
仅〔僅〕	jǐn
凤〔鳳〕	fèng
乌〔烏〕	wū

【丶】

闩〔閂〕	shuān
为〔為〕	
～難	wéi
～什麼	wèi

斗〔鬥〕　dòu
忆〔憶〕　yì
订〔訂〕　dìng
计〔計〕　jì
讣〔訃〕　fù
认〔認〕　rèn
讥〔譏〕　jī

【　ㄱ　】

丑〔醜〕　chǒu
队〔隊〕　duì
办〔辦〕　bàn
邓〔鄧〕　dèng
劝〔勸〕　quàn
双〔雙〕　shuāng
书〔書〕　shū

5 畫

【　一　】

击〔擊〕　jī
戋〔戔〕　jiān
扑〔撲〕　pū
节〔節〕　jié
术〔術〕　shù
龙〔龍〕　lóng
厉〔厲〕　lì
灭〔滅〕　miè
东〔東〕　dōng
轧〔軋〕
　傾～　　yà
　～鋼　　zhá

【　丨　】

卢〔盧〕　lú
业〔業〕　yè
旧〔舊〕　jiù
帅〔帥〕　shuài
归〔歸〕　guī
叶〔葉〕　yè
号〔號〕　hào

电〔電〕　diàn

只〔隻〕　zhī

　　〔祇〕　zhǐ

叽〔嘰〕　jī

叹〔嘆〕　tàn

【丿】

们〔們〕　men

仪〔儀〕　yí

丛〔叢〕　cóng

尔〔爾〕　ěr

乐〔樂〕

〜趣　　　lè

音〜　　　yuè

处〔處〕

〜罚　　　chǔ

到〜　　　chù

冬〔鼕〕　dōng

鸟〔鳥〕　niǎo

务〔務〕　wù

刍〔芻〕　chú

饥〔饑〕　jī

【丶】

邝〔鄺〕　kuàng

冯〔馮〕　féng

闪〔閃〕　shǎn

兰〔蘭〕　lán

汇〔匯〕　huì

　　〔彙〕　huì

头〔頭〕　tóu

汉〔漢〕　hàn

宁〔寧〕

〜静　　　níng

〜可　　　nìng

讦〔訐〕　jié

讧〔訌〕　hòng

讨〔討〕　tǎo

写〔寫〕　xiě

让〔讓〕　ràng

礼〔禮〕　lǐ

讪〔訕〕　shàn

讫〔訖〕 qì
训〔訓〕 xùn
议〔議〕 yì
讯〔訊〕 xùn
记〔記〕 jì

【乛】

辽〔遼〕 liáo
边〔邊〕 biān
出〔齣〕 chū
发〔發〕 fā
　〔髮〕 fà
圣〔聖〕 shèng
对〔對〕 duì
台〔臺〕 tái
　〔檯〕 tái
　〔颱〕 tái
纠〔糾〕 jiū
驭〔馭〕 yù
丝〔絲〕 sī

6畫

【一】

玑〔璣〕 jī
动〔動〕 dòng
执〔執〕 zhí
巩〔鞏〕 gǒng
圹〔壙〕 kuàng
扩〔擴〕 kuò
扪〔捫〕 mén
扫〔掃〕 sǎo
扬〔揚〕 yáng
场〔場〕 chǎng
亚〔亞〕 yà
芗〔薌〕 xiāng
朴〔樸〕 pǔ
机〔機〕 jī
权〔權〕 quán
过〔過〕 guò
协〔協〕 xié

压〔壓〕	yā
厌〔厭〕	yàn
厍〔厙〕	shè
页〔頁〕	yè
夸〔誇〕	kuā
夺〔奪〕	duó
达〔達〕	dá
夹〔夾〕	jiā
轨〔軌〕	guǐ
尧〔堯〕	yáo
划〔劃〕	
～子	huá
計～	huà
迈〔邁〕	mài
毕〔畢〕	bì

【丨】

贞〔貞〕	zhēn
师〔師〕	shī
当〔當〕	
～心	dāng

～做	dàng
〔噹〕	dāng
尘〔塵〕	chén
吁〔籲〕	yù
吓〔嚇〕	
恐～	hè
～人	xià
虫〔蟲〕	chóng
曲〔麴〕	qū
团〔團〕	tuán
〔糰〕	tuán
吗〔嗎〕	ma
屿〔嶼〕	yǔ
岁〔歲〕	suì
回〔迴〕	huí
岂〔豈〕	qǐ
则〔則〕	zé
刚〔剛〕	gāng
网〔網〕	wǎng

【丿】

钆〔釓〕　gá

钇〔釔〕　yǐ

朱〔硃〕　zhū

迁〔遷〕　qiān

乔〔喬〕　qiáo

伟〔偉〕　wěi

传〔傳〕

～播　　chuán

～記　　zhuàn

伛〔傴〕　yǔ

优〔優〕　yōu

伤〔傷〕　shāng

伥〔倀〕　chāng

价〔價〕　jià

伦〔倫〕　lún

伧〔傖〕　cāng

华〔華〕　huá

伙〔夥〕　huǒ

伪〔偽〕　wěi

向〔嚮〕　xiàng

后〔後〕　hòu

会〔會〕

～客　　huì

～計　　kuài

杀〔殺〕　shā

合〔閤〕　hé

众〔眾〕　zhòng

爷〔爺〕　yé

伞〔傘〕　sǎn

创〔創〕

～傷　　chuāng

～造　　chuàng

杂〔雜〕　zá

负〔負〕　fù

犷〔獷〕　guǎng

犸〔獁〕　mǎ

凫〔鳧〕　fú

邬〔鄔〕　wū

饦〔飥〕　tuō

饧〔餳〕　xíng

【丶】

壮〔壯〕　zhuàng

冲〔衝〕

～鋒　　　chōng

～我笑　　chòng

妆〔妝〕　zhuāng

庄〔莊〕　zhuāng

庆〔慶〕　qìng

刘〔劉〕　liú

齐〔齊〕　qí

产〔產〕　chǎn

闭〔閉〕　bì

问〔問〕　wèn

闯〔闖〕　chuǎng

关〔關〕　guān

灯〔燈〕　dēng

汤〔湯〕　tāng

忏〔懺〕　chàn

兴〔興〕

～奮　　　xīng

～趣　　　xìng

讲〔講〕　jiǎng

讳〔諱〕　huì

讴〔謳〕　ōu

军〔軍〕　jūn

讵〔詎〕　jù

讶〔訝〕　yà

讷〔訥〕　nè

许〔許〕　xǔ

讹〔訛〕　é

䜣〔訢〕　xīn

论〔論〕　lùn

讻〔訩〕　xiōng

讼〔訟〕　sòng

讽〔諷〕　fěng

农〔農〕　nóng

设〔設〕　shè

访〔訪〕　fǎng

诀〔訣〕　jué

【乛】

寻〔尋〕　xún

尽〔盡〕　jìn

　〔儘〕　jǐn

导〔導〕　dǎo

孙〔孫〕	sūn	
阵〔陣〕	zhèn	
阳〔陽〕	yáng	
阶〔階〕	jiē	
阴〔陰〕	yīn	
妇〔婦〕	fù	
妈〔媽〕	mā	
戏〔戲〕	xì	
观〔觀〕	guān	
欢〔歡〕	huān	
买〔買〕	mǎi	
纡〔紆〕	yū	
红〔紅〕	hóng	
纣〔紂〕	zhòu	
驮〔馱〕	tuó	
纤〔縴〕	qiàn	
〔纖〕	xiān	
纥〔紇〕	hé	
驯〔馴〕	xùn	
纨〔紈〕	wán	
约〔約〕	yuē	
级〔級〕	jí	

纩〔纊〕	kuàng	
纪〔紀〕	jì	
驰〔馳〕	chí	
纫〔紉〕	rèn	

7 畫

【一】

寿〔壽〕	shòu	
麦〔麥〕	mài	
玛〔瑪〕	mǎ	
进〔進〕	jìn	
远〔遠〕	yuǎn	
违〔違〕	wéi	
韧〔韌〕	rèn	
刬〔剗〕	chàn	
运〔運〕	yùn	
抚〔撫〕	fǔ	
坛〔壇〕	tán	
〔罎〕	tán	

抟〔摶〕 tuán	芜〔蕪〕 wú
坏〔壞〕 huài	苇〔葦〕 wěi
抠〔摳〕 kōu	芸〔蕓〕 yún
坜〔壢〕 lì	苈〔藶〕 lì
扰〔擾〕 rǎo	苋〔莧〕 xiàn
坝〔壩〕 bà	苁〔蓯〕 cōng
贡〔貢〕 gòng	苍〔蒼〕 cāng
扨〔掆〕 gāng	严〔嚴〕 yán
折〔摺〕 zhé	芦〔蘆〕 lú
抡〔掄〕 lūn	劳〔勞〕 láo
抢〔搶〕 qiǎng	克〔剋〕 kè
坞〔塢〕 wù	苏〔蘇〕 sū
坟〔墳〕 fén	〔囌〕 sū
护〔護〕 hù	极〔極〕 jí
壳〔殼〕	杨〔楊〕 yáng
貝～ ké	两〔兩〕 liǎng
地～ qiào	丽〔麗〕 lì
块〔塊〕 kuài	医〔醫〕 yī
声〔聲〕 shēng	励〔勵〕 lì
报〔報〕 bào	还〔還〕
拟〔擬〕 nǐ	～是 hái
抦〔攦〕 sǒng	～原 huán

矶〔磯〕 jī

奁〔奩〕 lián

歼〔殲〕 jiān

来〔來〕 lái

欤〔歟〕 yú

轩〔軒〕 xuān

连〔連〕 lián

轫〔軔〕 rèn

【丨】

卤〔鹵〕 lǔ

　〔滷〕 lǔ

邺〔鄴〕 yè

坚〔堅〕 jiān

时〔時〕 shí

呒〔嘸〕 ḿ

县〔縣〕 xiàn

里〔裏〕 lǐ

呓〔囈〕 yì

呕〔嘔〕 ǒu

园〔園〕 yuán

呖〔嚦〕 lì

旷〔曠〕 kuáng

围〔圍〕 wéi

吨〔噸〕 dūn

旸〔暘〕 yáng

邮〔郵〕 yóu

困〔睏〕 kùn

员〔員〕 yuán

呗〔唄〕 bei

听〔聽〕 tīng

呛〔嗆〕 qiáng

呜〔嗚〕 wū

别〔彆〕 biè

财〔財〕 cái

囵〔圇〕 lún

盱〔盰〕 yàn

帏〔幃〕 wéi

岖〔嶇〕 qū

岗〔崗〕 gǎng

岘〔峴〕 xiàn

帐〔帳〕 zhàng

岚〔嵐〕 lán

【丿】

针〔針〕	zhēn	
钉〔釘〕		
螺丝～	dīng	
～扣子	dìng	
钊〔剑〕	zhāo	
钋〔釙〕	pō	
钌〔釕〕	liǎo	
乱〔亂〕	luàn	
体〔體〕	tǐ	
佣〔傭〕	yōng	
伷〔傷〕	zhòu	
彻〔徹〕	chè	
余〔餘〕	yú	
佥〔僉〕	qiān	
谷〔穀〕	gǔ	
邻〔鄰〕	lín	
肠〔腸〕	cháng	
龟〔龜〕	guī	
犹〔猶〕	yóu	
狈〔狽〕	bèi	

鸠〔鳩〕	jiū	
条〔條〕	tiáo	
岛〔島〕	dǎo	
邹〔鄒〕	zōu	
饨〔飩〕	tún	
饩〔餼〕	xì	
饪〔飪〕	rèn	
饫〔飫〕	yù	
饬〔飭〕	chì	
饭〔飯〕	fàn	
饮〔飲〕	yǐn	
系〔係〕	xì	
〔繫〕		
～鞋帶	jì	
維～	xì	

【丶】

冻〔凍〕	dòng	
状〔狀〕	zhuáng	
亩〔畝〕	mǔ	
庑〔廡〕	wǔ	

库〔庫〕	kù	沤〔漚〕	òu
疖〔癤〕	jiē	沥〔瀝〕	lì
疗〔療〕	liáo	沦〔淪〕	lún
应〔應〕		沧〔滄〕	cāng
～當	yīng	沨〔渢〕	fēng
～用	yìng	沟〔溝〕	gōu
这〔這〕	zhè	沩〔潙〕	wéi
庐〔廬〕	lú	沪〔滬〕	hù
闰〔閏〕	rùn	沈〔瀋〕	shěn
闱〔闈〕	wéi	忤〔憮〕	wǔ
闲〔閑〕	xián	怀〔懷〕	huái
间〔間〕		怄〔慪〕	òu
時～	jiān	忧〔憂〕	yōu
～接	jiàn	忾〔愾〕	kài
闵〔閔〕	mǐn	怅〔悵〕	chàng
闷〔悶〕		怆〔愴〕	chuàng
～熱	mēn	穷〔窮〕	qióng
沉～	mèn	证〔證〕	zhèng
灿〔燦〕	càn	诂〔詁〕	gǔ
灶〔竈〕	zào	诃〔訶〕	hē
炀〔煬〕	yáng	启〔啓〕	qǐ
沣〔灃〕	fēng	评〔評〕	píng

补〔補〕　bǔ

诅〔詛〕　zǔ

识〔識〕　shí

诇〔詗〕　xiòng

诈〔詐〕　zhà

诉〔訴〕　sù

诊〔診〕　zhěn

诋〔詆〕　dǐ

诌〔謅〕　qū

词〔詞〕　cí

诎〔詘〕　qū

诏〔詔〕　zhào

译〔譯〕　yì

诒〔詒〕　yí

【乛】

灵〔靈〕　líng

层〔層〕　céng

迟〔遲〕　chí

张〔張〕　zhāng

际〔際〕　jì

陆〔陸〕

～萬　liù

～續　lù

陇〔隴〕　lǒng

陈〔陳〕　chén

坠〔墜〕　zhuì

陉〔陘〕　xíng

妪〔嫗〕　yù

妩〔嫵〕　wǔ

妫〔嬀〕　guī

刭〔剄〕　jǐng

劲〔勁〕

～頭　jìn

强～　jìng

鸡〔鷄〕　jī

纬〔緯〕　wěi

纭〔紜〕　yún

驱〔驅〕　qū

纯〔純〕　chún

纰〔紕〕　pī

纱〔紗〕　shā

纲〔綱〕　gāng

纳〔納〕　nà

纴〔紝〕　rèn

驳〔駁〕　bó

纵〔縱〕　zòng

纶〔綸〕

～巾　　guān

滌～　　lún

纷〔紛〕　fēn

纸〔紙〕　zhǐ

纹〔紋〕　wén

纺〔紡〕　fǎng

驴〔驢〕　lú

纼〔紖〕　zhèn

纽〔紐〕　niǔ

纾〔紓〕　shū

8 畫

【一】

玮〔瑋〕　wěi

环〔環〕　huán

责〔責〕　zé

现〔現〕　xiàn

表〔錶〕　biǎo

玱〔瑲〕　qiāng

规〔規〕　guī

匦〔匭〕　guǐ

拢〔攏〕　lǒng

拣〔揀〕　jiǎn

垆〔壚〕　lú

担〔擔〕

承～　　dān

～子　　dàn

顶〔頂〕　dǐng

拥〔擁〕　yōng

势〔勢〕　shì

拦〔攔〕　lán

㧟〔擓〕　kuǎi

拧〔擰〕

～手巾　níng

～螺丝　nǐng

拨〔撥〕　bō

择〔擇〕	zé
茏〔蘢〕	lóng
苹〔蘋〕	píng
茑〔蔦〕	niǎo
范〔範〕	fàn
茔〔塋〕	yíng
茕〔煢〕	qióng
茎〔莖〕	jīng
枢〔樞〕	shū
枥〔櫪〕	lì
柜〔櫃〕	guì
㭎〔棡〕	gāng
枧〔梘〕	jiǎn
枨〔棖〕	chéng
板〔闆〕	bǎn
枞〔樅〕	cōng
松〔鬆〕	sōng
枪〔槍〕	qiāng
枫〔楓〕	fēng
构〔構〕	gòu
丧〔喪〕	
～事	sāng

～失	sàng
画〔畫〕	huà
枣〔棗〕	zǎo
卖〔賣〕	mài
郁〔鬱〕	yù
矾〔礬〕	fán
矿〔礦〕	kuàng
砀〔碭〕	dàng
码〔碼〕	mǎ
厕〔廁〕	cè
奋〔奮〕	fèn
态〔態〕	tài
瓯〔甌〕	ōu
欧〔歐〕	ōu
殴〔毆〕	ōu
垄〔壟〕	lǒng
郏〔郟〕	jiá
轰〔轟〕	hōng
顷〔頃〕	qǐng
转〔轉〕	
～變	zhuǎn
～動	zhuàn

轭〔軛〕 è

斩〔斬〕 zhǎn

轮〔輪〕 lún

软〔軟〕 ruǎn

鸢〔鳶〕 yuān

【｜】

齿〔齒〕 chǐ

虏〔虜〕 lǔ

肾〔腎〕 shèn

贤〔賢〕 xián

昙〔曇〕 tán

国〔國〕 guó

畅〔暢〕 chàng

咙〔嚨〕 lóng

虮〔蟣〕 jǐ

黾〔黽〕 mǐn

鸣〔鳴〕 míng

咛〔嚀〕 níng

咝〔噝〕 sī

罗〔羅〕 luó

崬〔崬〕 dōng

岿〔巋〕 kuī

帜〔幟〕 zhì

岭〔嶺〕 lǐng

刿〔劌〕 guì

剀〔剴〕 kǎi

凯〔凱〕 kǎi

峄〔嶧〕 yì

败〔敗〕 bài

账〔賬〕 zhàng

贩〔販〕 fàn

贬〔貶〕 biǎn

贮〔貯〕 zhù

图〔圖〕 tú

购〔購〕 gòu

【丿】

钍〔釷〕 tǔ

钎〔釺〕 qiān

钏〔釧〕 chuàn

钐〔釤〕 shān

钓〔釣〕   diào
钒〔釩〕   fán
钔〔鍆〕   mén
钕〔釹〕   nǚ
钖〔鍚〕   yáng
钗〔釵〕   chāi
制〔製〕   zhì
刮〔颳〕   guā
侠〔俠〕   xiá
侥〔僥〕   jiǎo
侦〔偵〕   zhēn
侧〔側〕   cè
凭〔憑〕   píng
侨〔僑〕   qiáo
侩〔儈〕   kuài
货〔貨〕   huò
侪〔儕〕   chái
侬〔儂〕   nóng
质〔質〕   zhì
征〔徵〕   zhēng
径〔徑〕   jìng
舍〔捨〕   shě

刽〔劊〕   guì
郐〔鄶〕   kuài
怂〔慫〕   sǒng
籴〔糴〕   dí
觅〔覓〕   mì
贪〔貪〕   tān
贫〔貧〕   pín
戗〔戧〕   qiàng
肤〔膚〕   fū
䏝〔膞〕   zhuān
肿〔腫〕   zhǒng
胀〔脹〕   zhàng
肮〔骯〕   āng
胁〔脅〕   xié
迩〔邇〕   ěr
鱼〔魚〕   yú
狞〔獰〕   níng
备〔備〕   béi
枭〔梟〕   xiāo
饯〔餞〕   jiàn
饰〔飾〕   shì
饱〔飽〕   bǎo

饲〔飼〕　sì
铞〔鉥〕　duò
饴〔飴〕　yí

【丶】

变〔變〕　biàn
庞〔龐〕　páng
庙〔廟〕　miào
疟〔瘧〕　nüè
疠〔癘〕　lì
疡〔瘍〕　yáng
剂〔劑〕　jì
废〔廢〕　fèi
闸〔閘〕　zhá
闹〔鬧〕　nào
郑〔鄭〕　zhèng
卷〔捲〕　juǎn
单〔單〕　dān
炜〔煒〕　wěi
炝〔熗〕　qiàng
炉〔爐〕　lú

浅〔淺〕　qiǎn
泷〔瀧〕　shuāng
泸〔瀘〕　lú
泺〔濼〕　luò
泞〔濘〕　nìng
泻〔瀉〕　xiè
泼〔潑〕　pō
泽〔澤〕　zé
泾〔涇〕　jīng
怜〔憐〕　lián
㤘〔慦〕　zhòu
怿〔懌〕　yì
峃〔嶨〕　xué
学〔學〕　xué
宝〔寶〕　bǎo
宠〔寵〕　chǒng
审〔審〕　shěn
帘〔簾〕　lián
实〔實〕　shí
诓〔誆〕　kuāng
诔〔誄〕　lěi
试〔試〕　shì

诖〔詿〕 guà

诗〔詩〕 shī

诘〔詰〕 jié

诙〔詼〕 huī

诚〔誠〕 chéng

郓〔鄆〕 yùn

衬〔襯〕 chèn

袆〔褘〕 yī

视〔視〕 shì

诛〔誅〕 zhū

话〔話〕 huà

诞〔誕〕 dàn

诟〔詬〕 gòu

诠〔詮〕 quán

诡〔詭〕 guǐ

询〔詢〕 xún

诣〔詣〕 yì

净〔淨〕 zhèng

该〔該〕 gāi

详〔詳〕 xiáng

诧〔詫〕 chà

诨〔諢〕 hùn

诩〔詡〕 xǔ

【㇐】

肃〔肅〕 sù

隶〔隸〕 lì

录〔錄〕 lù

弥〔彌〕 mí

　〔瀰〕 mí

陕〔陝〕 shǎn

驽〔駑〕 nú

驾〔駕〕 jià

参〔參〕

～加 cān

～差 cēn

人～ shēn

艰〔艱〕 jiān

线〔綫〕 xiàn

绀〔紺〕 gàn

绁〔紲〕 xiè

绂〔紱〕 fú

练〔練〕 liàn

组〔組〕 zǔ

驵〔駔〕 zǎng

绅〔紳〕 shēn

䌷〔紬〕 chōu

细〔細〕 xì

驶〔駛〕 shǐ

驸〔駙〕 fù

驷〔駟〕 sì

驹〔駒〕 jū

终〔終〕 zhōng

织〔織〕 zhī

驺〔騶〕 zōu

绉〔縐〕 zhòu

驻〔駐〕 zhù

绊〔絆〕 bàn

驼〔駝〕 tuó

绋〔紼〕 fú

绌〔絀〕 chù

绍〔紹〕 shào

驿〔驛〕 yì

绎〔繹〕 yì

经〔經〕 jīng

骀〔駘〕 tái

绐〔紿〕 dài

贯〔貫〕 guàn

9畫

【一】

贰〔貳〕 èr

帮〔幫〕 bāng

珑〔瓏〕 lóng

顸〔頇〕 hān

韨〔韍〕 fú

垭〔埡〕 yā

垭〔椏〕 yà

挝〔撾〕 wō

项〔項〕 xiàng

挞〔撻〕 tà

挟〔挾〕 xié

挠〔撓〕 náo

赵〔趙〕 zhào

贲〔賁〕 bēn

挡〔擋〕 dǎng

垲〔塏〕 kǎi

挢〔撟〕 jiǎo

垫〔墊〕 diàn

挤〔擠〕 jǐ

挥〔揮〕 huī

挦〔撏〕 xián

荐〔薦〕 jiàn

荚〔莢〕 jiá

贳〔貰〕 shì

荛〔蕘〕 ráo

荜〔蓽〕 bì

带〔帶〕 dài

茧〔繭〕 jiǎn

荞〔蕎〕 qiáo

荟〔薈〕 huì

荠〔薺〕

～菜 jì

荸～ qí

荡〔蕩〕 dàng

垩〔堊〕 è

荣〔榮〕 róng

荤〔葷〕 hūn

荥〔滎〕 xíng

荦〔犖〕 luò

荧〔熒〕 yíng

荨〔蕁〕 qián

胡〔鬍〕 hú

荩〔藎〕 jìn

荪〔蓀〕 sūn

荫〔蔭〕 yīn

荬〔蕒〕 mǎi

荭〔葒〕 hóng

荮〔葤〕 zhòu

药〔藥〕 yào

标〔標〕 biāo

栈〔棧〕 zhàn

栉〔櫛〕 zhì

栊〔櫳〕 lóng

栋〔棟〕 dòng

栌〔櫨〕 lú

栎〔櫟〕 lì

栏〔欄〕 lán

柠〔檸〕	níng		轸〔軫〕	zhěn
柽〔檉〕	chēng		轹〔轢〕	lì
树〔樹〕	shù		轺〔軺〕	yáo
鸤〔鳲〕	shī		轻〔輕〕	qīng
酈〔酈〕	lì		鸦〔鴉〕	yā
咸〔鹹〕	xián		虿〔蠆〕	chài
砖〔磚〕	zhuān			
砗〔硨〕	chē		【 丨 】	
砚〔硯〕	yàn			
砜〔碸〕	fēng		战〔戰〕	zhàn
面〔麵〕	miàn		觇〔覘〕	chān
牵〔牽〕	qiān		点〔點〕	diǎn
鸥〔鷗〕	ōu		临〔臨〕	lín
龚〔龑〕	yǎn		览〔覽〕	lǎn
残〔殘〕	cán		竖〔豎〕	shù
殇〔殤〕	shāng		尝〔嘗〕	cháng
钴〔鈷〕	gū		眍〔瞘〕	kōu
轲〔軻〕	kē		眬〔矓〕	lóng
轳〔轤〕	lú		哑〔啞〕	yǎ
轴〔軸〕	zhóu		显〔顯〕	xiǎn
轶〔軼〕	yì		哒〔噠〕	dā
轷〔軤〕	hū		哓〔嘵〕	xiāo

哔〔嗶〕　bì

贵〔貴〕　guì

虾〔蝦〕　xiā

蚁〔蟻〕　yǐ

蚂〔螞〕　mǎ

虽〔雖〕　suī

骂〔罵〕　mà

哕〔噦〕　yuě

剐〔剮〕　guǎ

郧〔鄖〕　yún

勋〔勛〕　xūn

哗〔嘩〕

～啦　　huā

～然　　huá

响〔響〕　xiǎng

哙〔噲〕　kuài

哝〔噥〕　nóng

哟〔喲〕　yo

峡〔峽〕　xiá

峣〔嶢〕　yáo

帧〔幀〕　zhēn

罚〔罰〕　fá

峤〔嶠〕　jiào

贱〔賤〕　jiàn

贴〔貼〕　tiē

贶〔貺〕　kuàng

贻〔貽〕　yí

【丿】

钘〔鈃〕　xíng

钙〔鈣〕　gài

钚〔鈈〕　bù

钛〔鈦〕　tài

钣〔鈑〕　yá

钝〔鈍〕　dùn

钞〔鈔〕　chāo

钟〔鐘〕　zhōng

　〔鍾〕　zhōng

钡〔鋇〕　bèi

钢〔鋼〕　gāng

钠〔鈉〕　nà

钥〔鑰〕　yào

钦〔欽〕　qīn

钧〔鈞〕	jūn	俨〔儼〕	yǎn
钤〔鈐〕	qián	俩〔倆〕	
钨〔鎢〕	wū	他們～	liǎ
钩〔鈎〕	gōu	伎～	liǎng
钪〔鈧〕	kàng	俪〔儷〕	lì
钫〔鈁〕	fāng	贷〔貸〕	dài
钬〔鈥〕	huǒ	顺〔順〕	shùn
钭〔鈄〕	tǒu	俭〔儉〕	jiǎn
钮〔鈕〕	niǔ	剑〔劍〕	jiàn
钯〔鈀〕	bǎ	鸧〔鶬〕	cāng
毡〔氈〕	zhān	须〔須〕	xū
氢〔氫〕	qīng	〔鬚〕	xū
选〔選〕	xuǎn	胧〔朧〕	lóng
适〔適〕	shì	胨〔腖〕	dòng
种〔種〕		胪〔臚〕	lú
～類	zhǒng	胆〔膽〕	dǎn
～地	zhòng	胜〔勝〕	shèng
秋〔鞦〕	qiū	胫〔脛〕	jìng
复〔復〕	fù	鸨〔鴇〕	bǎo
〔複〕	fù	狭〔狹〕	xiá
笃〔篤〕	dǔ	狮〔獅〕	shī
俦〔儔〕	chóu	独〔獨〕	dú

狯〔獪〕	kuài	～領	jiàng
狱〔獄〕	yù	奖〔獎〕	jiǎng
狲〔猻〕	sūn	疠〔癘〕	lì
贸〔貿〕	mào	疮〔瘡〕	chuāng
饵〔餌〕	ěr	疯〔瘋〕	fēng
饶〔饒〕	ráo	亲〔親〕	qīn
蚀〔蝕〕	shí	飒〔颯〕	sà
饷〔餉〕	xiǎng	闺〔閨〕	guī
饸〔餄〕	hé	闻〔聞〕	wén
饹〔餎〕	le	闼〔闥〕	tà
饺〔餃〕	jiǎo	闽〔閩〕	mǐn
饻〔餏〕	xī	闾〔閭〕	lǘ
饼〔餅〕	bǐng	闿〔闓〕	kǎi
		阀〔閥〕	fá
【丶】		阁〔閣〕	gé
		阄〔鬮〕	zhèng
峦〔巒〕	luán	阂〔閡〕	hé
弯〔彎〕	wān	养〔養〕	yǎng
孪〔孿〕	luán	姜〔薑〕	jiāng
娈〔孌〕	luán	类〔類〕	lèi
将〔將〕		娄〔婁〕	lóu
～來	jiāng	总〔總〕	zǒng

炼〔煉〕 liàn

炽〔熾〕 chì

烁〔爍〕 shuò

烂〔爛〕 làn

烃〔烴〕 tīng

洼〔窪〕 wā

洁〔潔〕 jié

洒〔灑〕 sǎ

挞〔撻〕 tà

浃〔浹〕 jiā

浇〔澆〕 jiāo

浈〔湞〕 zhēn

狮〔獅〕 shī

浊〔濁〕 zhuó

测〔測〕 cè

浍〔澮〕 kuài

浏〔瀏〕 liú

济〔濟〕

～南 jǐ

經～ jì

浐〔滻〕 chǎn

浑〔渾〕 hún

浒〔滸〕 hǔ

浓〔濃〕 nóng

浔〔潯〕 xún

浕〔濜〕 jìn

恸〔慟〕 tòng

恹〔懨〕 yān

恺〔愷〕 kǎi

恻〔惻〕 cè

恼〔惱〕 nǎo

恽〔惲〕 yùn

举〔舉〕 jǔ

觉〔覺〕

睡～ jiào

～醒 jué

宪〔憲〕 xiàn

窃〔竊〕 qiè

诫〔誡〕 jiè

诬〔誣〕 wū

语〔語〕 yǔ

袄〔襖〕 ǎo

诮〔誚〕 qiào

祢〔禰〕 mí

误〔誤〕 wù

诰〔誥〕 gào

诱〔誘〕 yòu

诲〔誨〕 huì

诳〔誑〕 kuáng

鸩〔鴆〕 zhèn

说〔說〕 shuō

诵〔誦〕 sòng

诶〔誒〕

（表招呼） ē̄

（表驚訝） é

（表反對） ě̌

（表答應） è

【 ㄱ 】

垦〔墾〕 kěn

昼〔晝〕 zhòu

费〔費〕 fèi

逊〔遜〕 xùn

陨〔隕〕 yǔn

险〔險〕 xiǎn

贺〔賀〕 hè

怼〔懟〕 duì

垒〔壘〕 lěi

娅〔婭〕 yà

娆〔嬈〕 ráo

娇〔嬌〕 jiāo

绑〔綁〕 bǎng

绒〔絨〕 róng

结〔結〕

～實 jiē

～構 jié

绔〔絝〕 kù

骁〔驍〕 xiāo

绕〔繞〕 rào

绖〔絰〕 dié

骄〔驕〕 jiāo

骅〔驊〕 huá

绘〔繪〕 huì

骆〔駱〕 luò

骈〔駢〕 pián

绞〔絞〕 jiǎo

骇〔駭〕 hài

统〔統〕　tǒng

绗〔絎〕　háng

给〔給〕

～以　　gěi

～予　　jǐ

绚〔絢〕　xuàn

绛〔絳〕　jiàng

络〔絡〕　luò

绝〔絕〕　jué

10 畫

【一】

艳〔艷〕　yàn

项〔項〕　xū

珲〔琿〕　hún

蚕〔蠶〕　cán

顽〔頑〕　wán

盏〔盞〕　zhǎn

捞〔撈〕　lāo

载〔載〕

记～　　zǎi

～重　　zài

赶〔趕〕　gǎn

盐〔鹽〕　yán

埘〔塒〕　shí

损〔損〕　sǔn

埙〔塤〕　xūn

埚〔堝〕　guō

捡〔撿〕　jiǎn

贽〔贄〕　zhì

挚〔摯〕　zhì

热〔熱〕　rè

捣〔搗〕　dǎo

壶〔壺〕　hú

聂〔聶〕　niè

莱〔萊〕　lái

莲〔蓮〕　lián

莳〔蒔〕　shì

莴〔萵〕　wō

获〔獲〕　huò

　〔穫〕　huò

莸〔蕕〕 yóu

恶〔惡〕

～心 ě

～劣 è

可～ wù

〔噁〕 ě

茕〔煢〕 qióng

莹〔瑩〕 yíng

莺〔鶯〕 yīng

鸪〔鴣〕 gū

莼〔蒓〕 chún

桡〔橈〕 ráo

桢〔楨〕 zhēn

档〔檔〕 dàng

桤〔榿〕 qī

桥〔橋〕 qiáo

桦〔樺〕 huà

桧〔檜〕 guì

桩〔樁〕 zhuāng

样〔樣〕 yàng

贾〔賈〕

商～ gǔ

姓～ jiǎ

逦〔邐〕 lǐ

砺〔礪〕 lì

砾〔礫〕 lì

础〔礎〕 chǔ

砻〔礱〕 lóng

顾〔顧〕 gù

轼〔軾〕 shì

轾〔輊〕 zhì

轿〔轎〕 jiào

辂〔輅〕 lù

较〔較〕 jiào

鸫〔鶫〕 dōng

顿〔頓〕 dùn

趸〔躉〕 dǔn

毙〔斃〕 bì

致〔緻〕 zhì

【｜】

龀〔齔〕 chèn

鸬〔鸕〕 lú

虑〔慮〕	lǜ		罢〔罷〕	bà
监〔監〕	jiān		圆〔圓〕	yuán
紧〔緊〕	jǐn		觊〔覬〕	jì
党〔黨〕	dǎng		贼〔賊〕	zéi
唛〔嘜〕	mài		贿〔賄〕	huì
晒〔曬〕	shài		赂〔賂〕	lù
晓〔曉〕	xiǎo		赃〔贓〕	zāng
唝〔嗊〕	gòng		赅〔賅〕	gāi
唠〔嘮〕	láo		赆〔贐〕	jìn
鸭〔鴨〕	yā			
唡〔啢〕	liǎng		**【丿】**	
晔〔曄〕	yè			
晕〔暈〕			钰〔鈺〕	yù
～倒	yūn		钱〔錢〕	qián
～車	yùn		钲〔鉦〕	zhēng
鸮〔鴞〕	xiāo		钳〔鉗〕	qián
唢〔嗩〕	suǒ		钴〔鈷〕	gǔ
喎〔喎〕	wāi		钵〔鉢〕	bō
蚬〔蜆〕	xiǎn		钶〔鈳〕	kē
鸯〔鴦〕	yāng		钷〔鉕〕	pǒ
崂〔嶗〕	láo		钹〔鈸〕	bó
崃〔崍〕	lái		钺〔鉞〕	yuè

钻〔鑽〕	
～研	zuān
～石	zuàn
钼〔鉬〕	mù
钽〔鉭〕	tǎn
钾〔鉀〕	jiǎ
铀〔鈾〕	yóu
钿〔鈿〕	diàn
铁〔鐵〕	tiě
铂〔鉑〕	bó
铃〔鈴〕	líng
铄〔鑠〕	shuò
铅〔鉛〕	qiān
铆〔鉚〕	mǎo
铈〔鈰〕	shì
铉〔鉉〕	xuàn
铊〔鉈〕	tā
铋〔鉍〕	bì
铌〔鈮〕	ní
铍〔鈹〕	pí
铍〔鏺〕	pō
铎〔鐸〕	duó

氩〔氬〕	yà
牺〔犧〕	xī
敌〔敵〕	dí
积〔積〕	jī
称〔稱〕	
～心	chèn
～讚	chēng
笕〔筧〕	jiǎn
笔〔筆〕	bǐ
债〔債〕	zhài
借〔藉〕	jiè
倾〔傾〕	qīng
赁〔賃〕	lìn
颀〔頎〕	qí
徕〔徠〕	lái
舰〔艦〕	jiàn
舱〔艙〕	cāng
耸〔聳〕	sǒng
爱〔愛〕	ài
鸰〔鴒〕	líng
颁〔頒〕	bān
颂〔頌〕	sòng

脍〔膾〕 kuài

脏〔臟〕 zàng

　〔髒〕 zāng

脐〔臍〕 qí

脑〔腦〕 nǎo

胶〔膠〕 jiāo

脓〔膿〕 nóng

鸱〔鴟〕 chī

玺〔璽〕 xǐ

鱽〔魛〕 dāo

鸲〔鴝〕 qú

狝〔獮〕 xiǎn

鸵〔鴕〕 tuó

袅〔裊〕 niǎo

鸳〔鴛〕 yuān

皱〔皺〕 zhòu

饽〔餑〕 bō

饿〔餓〕 è

馁〔餒〕 něi

【丶】

栾〔欒〕 luán

挛〔攣〕 luán

恋〔戀〕 liàn

桨〔槳〕 jiǎng

浆〔漿〕 jiāng

症〔癥〕 zhèng

痈〔癰〕 yōng

斋〔齋〕 zhāi

痉〔痙〕 jìng

准〔準〕 zhǔn

离〔離〕 lí

颃〔頏〕 háng

资〔資〕 zī

竞〔競〕 jìng

阃〔閫〕 kǔn

阄〔闖〕 chuài

阄〔鬮〕 jiū

阅〔閱〕 yuè

阆〔閬〕 láng

郸〔鄲〕 dān

烦〔煩〕 fán

烧〔燒〕 shāo

烛〔燭〕	zhú	悯〔憫〕	mǐng
烨〔燁〕	yè	宽〔寬〕	kuān
烩〔燴〕	huì	家〔傢〕	jiā
烬〔燼〕	jìn	宾〔賓〕	bīn
递〔遞〕	dì	窍〔竅〕	qiào
涛〔濤〕	tāo	鸢〔鳶〕	diào
涝〔澇〕	lào	请〔請〕	qǐng
涞〔淶〕	lái	诸〔諸〕	zhū
涟〔漣〕	lián	诹〔諏〕	zōu
涠〔潿〕	wéi	诺〔諾〕	nuò
涢〔溳〕	yún	诼〔諑〕	zhuó
涡〔渦〕	wō	读〔讀〕	dú
涂〔塗〕	tú	诽〔誹〕	fěi
涤〔滌〕	dí	袜〔襪〕	wà
润〔潤〕	rùn	祯〔禎〕	zhēn
涧〔澗〕	jiàn	课〔課〕	kè
涨〔漲〕		诿〔諉〕	wěi
～潮	zhǎng	谀〔諛〕	yú
頭昏腦～	zhàng	谁〔誰〕	shéi
烫〔燙〕	tàng		shuí
涩〔澀〕	sè	谂〔諗〕	shěn
悭〔慳〕	qiān	调〔調〕	

～查 diào
～整 tiáo
谄〔諂〕 chǎn
谅〔諒〕 liàng
谆〔諄〕 zhūn
谇〔誶〕 suì
谈〔談〕 tán
谊〔誼〕 yì
谉〔讅〕 shěn

【﹁】

恳〔懇〕 kěn
剧〔劇〕 jù
娲〔媧〕 wā
娴〔嫺〕 xián
难〔難〕
～道 nán
～民 nàn
预〔預〕 yù
绠〔綆〕 gěng
骊〔驪〕 lí

绡〔綃〕 xiāo
骋〔騁〕 chěn
绢〔絹〕 juàn
绣〔綉〕 xiù
验〔驗〕 yàn
绥〔綏〕 suí
绦〔縧〕 tāo
继〔繼〕 jì
绨〔綈〕 tí
骎〔駸〕 qīn
骏〔駿〕 jùn
鸶〔鷥〕 sī

11 畫

【一】

泰〔燾〕 tāo
琎〔璡〕 jìn
琏〔璉〕 liǎn
琐〔瑣〕 suǒ

麸〔麩〕	fū	觋〔覡〕	xí
掳〔擄〕	lǔ	检〔檢〕	jiǎn
掴〔摑〕	guó	棂〔欞〕	líng
鸷〔鷙〕	zhì	啬〔嗇〕	sè
掷〔擲〕	zhì	匮〔匱〕	kuì
掸〔撣〕	dǎn	酝〔醞〕	yùn
壶〔壺〕	kǔn	厣〔厴〕	yǎn
悫〔慤〕	què	硕〔碩〕	shuò
据〔據〕	jù	硖〔硤〕	xiá
掺〔摻〕	chān	硗〔磽〕	qiāo
掼〔摜〕	guàn	硙〔磑〕	wéi
职〔職〕	zhí	硚〔礄〕	qiáo
聍〔聹〕	níng	鸸〔鴯〕	ér
萚〔蘀〕	tuò	聋〔聾〕	lóng
勚〔勩〕	yì	龚〔龔〕	gōng
萝〔蘿〕	luó	袭〔襲〕	xí
萤〔螢〕	yíng	䴕〔鴷〕	liè
营〔營〕	yíng	殒〔殞〕	yǔn
萦〔縈〕	yíng	殓〔殮〕	liàn
萧〔蕭〕	xiāo	赉〔賚〕	lài
萨〔薩〕	sà	辄〔輒〕	zhé
梦〔夢〕	mèng	辅〔輔〕	fǔ

辆〔輛〕 liáng

堑〔塹〕 qiàn

赈〔賑〕 zhèn

婴〔嬰〕 yīng

赊〔賒〕 shē

【｜】

颅〔顱〕 lú

啧〔嘖〕 zé

悬〔懸〕 xuán

啭〔囀〕 zhuàn

跃〔躍〕 yuè

啮〔嚙〕 niè

跄〔蹌〕 qiàng

蛎〔蠣〕 lì

蛊〔蠱〕 gǔ

蛏〔蟶〕 chēng

累〔纍〕 lěi

啰〔囉〕 luō

啸〔嘯〕 xiào

帻〔幘〕 zé

崭〔嶄〕 zhǎn

逻〔邏〕 luó

帼〔幗〕 guó

【丿】

铏〔鉶〕 xíng

铐〔銬〕 kào

铑〔銠〕 lǎo

铒〔鉺〕 ěr

铓〔鋩〕 máng

铕〔銪〕 yǒu

铗〔鋏〕 jiá

铙〔鐃〕 náo

铛〔鐺〕

饼～ chēng

～～聲 dāng

铝〔鋁〕 lǚ

铜〔銅〕 tóng

铞〔銱〕 diào

铟〔銦〕 yīn

铠〔鎧〕 kǎi

铡〔鍘〕zhá	鸹〔鴰〕guā
铢〔銖〕zhū	秽〔穢〕huì
铣〔銑〕xǐ	笺〔箋〕jiān
铥〔銩〕diū	笼〔籠〕
铤〔鋌〕tǐng	～子　lóng
铧〔鏵〕huá	～罩　lǒng
铨〔銓〕quán	笾〔籩〕biān
铩〔鎩〕shā	偾〔僨〕fèn
铪〔鉿〕hā	鸺〔鵂〕xiū
铫〔銚〕diào	偿〔償〕cháng
铭〔銘〕míng	偻〔僂〕
铬〔鉻〕gè	佝～　lóu
铮〔錚〕zhēng	傴～　lǚ
铯〔銫〕sè	躯〔軀〕qū
铰〔鉸〕jiǎo	皑〔皚〕ái
铱〔銥〕yī	衅〔釁〕xìn
铲〔鏟〕chǎn	鸻〔鴴〕héng
铳〔銃〕chòng	衔〔銜〕xián
铵〔銨〕ǎn	舻〔艫〕lú
银〔銀〕yín	盘〔盤〕pán
铷〔銣〕rú	鸼〔鵃〕zhōu
矫〔矯〕jiǎo	龛〔龕〕kān

鸽〔鴿〕 gē

敛〔斂〕 liǎn

领〔領〕 lǐng

朕〔臕〕 luó

脸〔臉〕 liǎn

猎〔獵〕 liè

猡〔玀〕 luó

猕〔獼〕 mí

馃〔餜〕 guǒ

馄〔餛〕 hún

馅〔餡〕 xiàn

馆〔館〕 guǎn

【丶】

鸾〔鸞〕 luán

顾〔顨〕 qǐng

痒〔癢〕 yǎng

鸮〔鵁〕 jiāo

旋〔鏇〕 xuàn

阈〔閾〕 yù

阉〔閹〕 yān

阊〔閶〕 chāng

阋〔鬩〕 xì

阌〔閿〕 wén

阍〔閽〕 hūn

阎〔閻〕 yán

阏〔閼〕 yān

阐〔闡〕 chǎn

羟〔羥〕 qiǎng

盖〔蓋〕 gài

粝〔糲〕 lì

断〔斷〕 duàn

兽〔獸〕 shòu

焖〔燜〕 mèn

渍〔漬〕 zì

鸿〔鴻〕 hóng

渎〔瀆〕 dú

渐〔漸〕 jiàn

渑〔澠〕 miǎn

渊〔淵〕 yuān

渔〔漁〕 yú

淀〔澱〕 diàn

渗〔滲〕 shèn

愜〔愜〕	qiè
惭〔慚〕	cán
惧〔懼〕	jù
惊〔驚〕	jīng
惮〔憚〕	dàn
惨〔慘〕	cǎn
惯〔慣〕	guàn
祷〔禱〕	dǎo
谌〔諶〕	chén
谋〔謀〕	móu
谍〔諜〕	dié
谎〔謊〕	huǎng
谏〔諫〕	jiàn
鞍〔鞍〕	jūn
谐〔諧〕	xié
谑〔謔〕	xuè
裆〔襠〕	dāng
祸〔禍〕	huò
谒〔謁〕	yè
谓〔謂〕	wèi
谔〔諤〕	è
谕〔諭〕	yù

谖〔諼〕	xuān
谗〔讒〕	chán
谘〔諮〕	zī
谙〔諳〕	ān
谚〔諺〕	yàn
谛〔諦〕	dì
谜〔謎〕	mí
谝〔諞〕	piǎn
谞〔諝〕	xū

【乛】

弹〔彈〕	
～藥	dàn
～鋼琴	tán
堕〔墮〕	duò
随〔隨〕	suí
粜〔糶〕	tiào
隐〔隱〕	yǐn
婳〔嬅〕	huà
婵〔嬋〕	chán
婶〔嬸〕	shěn

颇〔頗〕 pō

颈〔頸〕 jǐng

绩〔績〕 jì

绪〔緒〕 xù

绫〔綾〕 líng

骐〔騏〕 qí

续〔續〕 xù

绮〔綺〕 qǐ

骑〔騎〕 qí

绯〔緋〕 fēi

绰〔綽〕 chuò

骒〔騍〕 kè

绲〔緄〕 gǔn

绳〔繩〕 shéng

骓〔騅〕 zhuī

维〔維〕 wéi

绵〔綿〕 mián

绶〔綬〕 shòu

绷〔繃〕 bēng

绸〔綢〕 chóu

绺〔綹〕 liǔ

绻〔綣〕 quǎn

综〔綜〕 zōng

绽〔綻〕 zhàn

绾〔綰〕 wǎn

绿〔綠〕

～林 lù

～化 lǜ

骖〔驂〕 cān

缀〔綴〕 zhuì

缁〔緇〕 zī

12 畫

【一】

靓〔靚〕 jìng

琼〔瓊〕 qióng

辇〔輦〕 niǎn

鼋〔黿〕 yuán

趋〔趨〕 qū

揽〔攬〕 lǎn

颉〔頡〕

傖～	jié		硷〔礆〕	jiǎn
～頡	xié		确〔確〕	què
揿〔撳〕	qìn		詟〔讋〕	zhé
搀〔攙〕	chān		殚〔殫〕	dān
蛰〔蟄〕	zhé		颊〔頰〕	jiá
絷〔縶〕	zhí		雳〔靂〕	lì
搁〔擱〕	gē		辊〔輥〕	gǔn
搂〔摟〕	lǒu		辋〔輞〕	wǎng
搅〔攪〕	jiǎo		椠〔槧〕	qiàn
联〔聯〕	lián		暂〔暫〕	zàn
葳〔葳〕	chǎn		辍〔輟〕	chuò
蒉〔蕢〕	kuì		辎〔輜〕	zī
蒋〔蔣〕	jiǎng		翘〔翹〕	
蒌〔蔞〕	lóu		～首	qiáo
韩〔韓〕	hán		～尾巴	qiào
椟〔櫝〕	dú			
椤〔欏〕	luó		【 丨 】	
赍〔賫〕	jī			
椭〔橢〕	tuǒ		辈〔輩〕	bèi
鹁〔鵓〕	bó		凿〔鑿〕	záo
鹂〔鸝〕	lí		辉〔輝〕	huī
觌〔覿〕	dí		赏〔賞〕	shǎng

睐〔睞〕 lài

睑〔瞼〕 jiǎn

喷〔噴〕 pēn

畴〔疇〕 chóu

践〔踐〕 jiàn

遗〔遺〕 yí

蛱〔蛺〕 jiá

蛲〔蟯〕 náo

蛳〔螄〕 sī

蛴〔蠐〕 qí

鹃〔鵑〕 juān

喽〔嘍〕

～囉 lóu

水开～ lou

嵘〔嶸〕 róng

嵚〔嶔〕 qīn

嵝〔嶁〕 lǒu

赋〔賦〕 fù

腈〔腈〕 qíng

赌〔賭〕 dǔ

赎〔贖〕 shú

赐〔賜〕 cì

赒〔賙〕 zhōu

赔〔賠〕 péi

赕〔賧〕 dǎn

【丿】

铸〔鑄〕 zhù

铹〔鐒〕 láo

铺〔鋪〕

～路 pū

床～ pù

铼〔錸〕 lái

铽〔鋱〕 tè

链〔鏈〕 liàn

铿〔鏗〕 kēng

销〔銷〕 xiāo

锁〔鎖〕 suǒ

锃〔鋥〕 zèng

锄〔鋤〕 chú

锂〔鋰〕 lǐ

锅〔鍋〕 guō

锆〔鋯〕 gào

锇〔鋨〕	é	傧〔儐〕	bīn
锈〔銹〕	xiù	储〔儲〕	chǔ
锉〔銼〕	cuò	傩〔儺〕	nuó
锋〔鋒〕	fēng	惩〔懲〕	chéng
锌〔鋅〕	xīn	御〔禦〕	yù
锎〔鐦〕	kāi	颌〔頜〕	hé
锏〔鐧〕	jiǎn	释〔釋〕	shì
锐〔銳〕	ruì	鹆〔鵒〕	yù
锑〔銻〕	tī	腊〔臘〕	là
锒〔鋃〕	láng	腘〔膕〕	guó
锓〔鋟〕	qǐn	鱿〔魷〕	yóu
锔〔鋦〕	jú	鲁〔魯〕	lǔ
锕〔錒〕	ā	鲂〔魴〕	fáng
犊〔犢〕	dú	颖〔穎〕	yǐng
鹄〔鵠〕	hú	飓〔颶〕	jù
鹅〔鵝〕	é	觞〔觴〕	shāng
颋〔頲〕	tǐng	惫〔憊〕	bèi
筑〔築〕	zhù	馇〔餷〕	chā
荜〔蓽〕	bì	馈〔饋〕	kuì
筛〔篩〕	shāi	馉〔餶〕	gǔ
牍〔牘〕	dú	馊〔餿〕	sōu
傥〔儻〕	tǎng	馋〔饞〕	chán

【丶】

亵〔褻〕	xiè	滞〔滯〕	zhì
装〔裝〕	zhuāng	湿〔濕〕	shī
蛮〔蠻〕	mán	溃〔潰〕	kuì
脔〔臠〕	luán	溅〔濺〕	jiàn
痨〔癆〕	láo	娄〔婁〕	lóu
痫〔癇〕	xián	湾〔灣〕	wān
赓〔賡〕	gēng	谟〔謨〕	mó
颏〔頦〕	kē	裢〔褳〕	lián
鹇〔鷳〕	xián	捡〔襝〕	liǎn
阑〔闌〕	lán	裤〔褲〕	kù
阒〔闃〕	qù	裥〔襇〕	jiǎn
阔〔闊〕	kuò	禅〔禪〕	
阕〔闋〕	què	～师	chán
粪〔糞〕	fèn	～让	shàn
鹈〔鵜〕	tí	谠〔讜〕	dǎng
窜〔竄〕	cuàn	谡〔謖〕	sù
窝〔窩〕	wō	谢〔謝〕	xiè
喾〔嚳〕	kù	谣〔謠〕	yáo
愤〔憤〕	fèn	谤〔謗〕	bàng
愦〔憒〕	kuì	谥〔謚〕	shì
		谦〔謙〕	qiān
		谧〔謐〕	mì

【乛】

属〔屬〕	shǔ
屡〔屢〕	lǚ
骘〔騭〕	zhì
毳〔毬〕	qiú
毵〔毿〕	sān
翚〔翬〕	huī
骛〔騖〕	wù
缂〔緙〕	kè
缃〔緗〕	xiāng
缄〔緘〕	jiān
缅〔緬〕	miǎn
缆〔纜〕	lǎn
缇〔緹〕	tí
缈〔緲〕	miǎo
缉〔緝〕	jī
缊〔縕〕	yùn
缌〔緦〕	sī
缎〔緞〕	duàn
缑〔緱〕	gōu
缓〔緩〕	huǎn

缒〔縋〕	zhuì
缔〔締〕	dì
缕〔縷〕	lǚ
骗〔騙〕	piàn
编〔編〕	biān
缗〔緡〕	mín
骚〔騷〕	sāo
缘〔緣〕	yuán
飨〔饗〕	xiǎng

13 畫

【一】

耢〔耮〕	lào
鹉〔鵡〕	wǔ
鹃〔鵑〕	jīng
韫〔韞〕	yùn
骜〔驁〕	ào
摄〔攝〕	shè
摅〔攄〕	shū

摆〔擺〕 bǎi

〔襬〕 bǎi

赪〔赬〕 chēng

摈〔擯〕 bìn

瞉〔瞉〕 gǔ

摊〔攤〕 tān

鹊〔鵲〕 què

蓝〔藍〕 lán

蓦〔驀〕 mò

鹋〔鶓〕 miáo

蓟〔薊〕 jì

蒙〔矇〕 méng

〔濛〕 méng

〔懞〕 méng

颐〔頤〕 yí

献〔獻〕 xiàn

蓣〔蕷〕 yù

榄〔欖〕 lǎn

榇〔櫬〕 chèn

榈〔櫚〕 lǘ

楼〔樓〕 lóu

榉〔欅〕 jǔ

赖〔賴〕 lài

碛〔磧〕 qì

碍〔礙〕 ài

碜〔磣〕 chěn

鹌〔鵪〕 ān

尴〔尷〕 gān

殨〔殨〕 huì

雾〔霧〕 wù

辏〔輳〕 còu

辐〔輻〕 fú

辑〔輯〕 jí

输〔輸〕 shū

【 丨 】

频〔頻〕 pín

龃〔齟〕 jǔ

龄〔齡〕 líng

鲍〔鮑〕 bāo

龆〔齠〕 tiáo

鉴〔鑒〕 jiàn

龊〔齪〕 wěi

嗫〔囁〕 niè

跷〔蹺〕 qiāo

跸〔蹕〕 bì

跻〔躋〕 jī

跹〔躚〕 xiān

蜗〔蝸〕 wō

嗳〔噯〕 ài

鹛〔鶥〕 fèng

【丿】

锗〔鍺〕 zhě

错〔錯〕 cuò

锘〔鍩〕 nuò

锚〔錨〕 máo

锛〔錛〕 bēn

锝〔鍀〕 dé

锞〔錁〕 kè

锟〔錕〕 kūn

锡〔錫〕 xī

锢〔錮〕 gù

锣〔鑼〕 luó

锤〔錘〕 chuí

锥〔錐〕 zhuī

锦〔錦〕 jǐn

锧〔鑕〕 zhì

锨〔鍁〕 xiān

锫〔錇〕 péi

锭〔錠〕 dìng

键〔鍵〕 jiàn

锯〔鋸〕 jù

锰〔錳〕 měng

锱〔錙〕 zī

辞〔辭〕 cí

颓〔頹〕 tuí

穇〔穇〕 cǎn

筹〔籌〕 chóu

签〔簽〕 qiān

　〔籤〕 qiān

简〔簡〕 jiǎn

觎〔覦〕 yú

颔〔頷〕 hàn

腻〔膩〕 nì

鹏〔鵬〕 péng

腾〔騰〕	téng	
鲅〔鮁〕	bà	
鲆〔鮃〕	píng	
鲇〔鮎〕	nián	
鲈〔鱸〕	lú	
鲊〔鮓〕	zhǎ	
稣〔穌〕	sū	
鲋〔鮒〕	fù	
鲌〔鮊〕	yìn	
鲍〔鮑〕	bào	
鲏〔鮍〕	pí	
鲐〔鮐〕	tái	
颖〔穎〕	yǐng	
鸺〔鵮〕	qiān	
飔〔颸〕	sī	
飕〔颼〕	sōu	
触〔觸〕	chù	
雏〔雛〕	chú	
馎〔餺〕	bó	
馍〔饃〕	mó	
馏〔餾〕	liú	
馐〔饈〕	xiū	

【丶】

酱〔醬〕	jiàng	
鹑〔鶉〕	chún	
瘅〔癉〕	dàn	
瘆〔瘮〕	shèn	
鹒〔鶊〕	gēng	
阖〔闔〕	hé	
阗〔闐〕	tián	
阙〔闕〕	què	
誊〔謄〕	téng	
粮〔糧〕	liáng	
数〔數〕		
～落	shǔ	
～字	shù	
滟〔灩〕	yàn	
溞〔溞〕	shè	
满〔滿〕	mǎn	
滤〔濾〕	lǜ	
滥〔濫〕	làn	
滗〔潷〕	bì	
滦〔灤〕	luán	

漓〔灕〕 lí

滨〔濱〕 bīn

滩〔灘〕 tān

滪〔澦〕 yù

慑〔懾〕 shè

誉〔譽〕 yù

鲎〔鱟〕 hòu

骞〔騫〕 qiān

寝〔寢〕 qǐn

窥〔窺〕 kuī

窦〔竇〕 dòu

谨〔謹〕 jǐn

谩〔謾〕 màn

谪〔謫〕 zhé

谫〔譾〕 jiǎn

谬〔謬〕 miù

【乛】

辟〔闢〕 pì

嫒〔嬡〕 ài

嫔〔嬪〕 pín

缙〔縉〕 jìn

缜〔縝〕 zhěn

缚〔縛〕 fù

缛〔縟〕 rù

辔〔轡〕 pèi

缝〔縫〕

～補 féng

～隙 fèng

骝〔騮〕 liú

缞〔縗〕 cuī

缟〔縞〕 gǎo

缠〔纏〕 chán

缡〔縭〕 lí

缢〔縊〕 yì

缣〔縑〕 jiān

缤〔繽〕 bīn

骟〔騸〕 shàn

14 畫

【一】

瑷〔瑷〕	ài	酾〔釃〕	shāi
赘〔贅〕	zhuì	酿〔釀〕	niàng
觏〔覯〕	gòu	霁〔霽〕	jì
韬〔韜〕	tāo	愿〔願〕	yuàn
瑷〔璦〕	ài	殡〔殯〕	bìn
墙〔牆〕	qiáng	辕〔轅〕	yuán
撄〔攖〕	yīng	辖〔轄〕	xiá
蔷〔薔〕	qiáng	辗〔輾〕	zhǎn
蔑〔衊〕	miè		
蔹〔蘞〕	liǎn		
蔺〔藺〕	lìn	**【丨】**
蔼〔藹〕	ǎi		
鹕〔鶘〕	hú	龇〔齜〕	zī
槚〔檟〕	jiǎ	龈〔齦〕	yín
槛〔檻〕		鶪〔鶪〕	jú
～車	jiàn	颗〔顆〕	kē
門～	kǎn	睐〔瞜〕	lōu
槟〔檳〕		暧〔曖〕	ài
香～	bīn	鹖〔鶡〕	hé
～榔	bīng	踌〔躊〕	chóu
槠〔櫧〕	zhū	踊〔踴〕	yǒng
酽〔釅〕	yàn	蜡〔蠟〕	là
		蝈〔蟈〕	guō

蝇〔蠅〕 yíng

蝉〔蟬〕 chán

鹗〔鶚〕 è

嘤〔嚶〕 yīng

罴〔羆〕 pí

赙〔賻〕 fù

罂〔罌〕 yīng

赚〔賺〕 zhuàn

鹘〔鶻〕 gǔ

【丿】

锲〔鍥〕 qiè

锴〔鍇〕 kǎi

锶〔鍶〕 sī

锷〔鍔〕 è

锹〔鍬〕 qiāo

锸〔鍤〕 chā

锻〔鍛〕 duàn

锼〔鎪〕 sōu

锾〔鍰〕 huán

锵〔鏘〕 qiāng

镀〔鎄〕 āi

镀〔鍍〕 dù

镁〔鎂〕 měi

镂〔鏤〕 lòu

镃〔鎡〕 zī

镄〔鐨〕 fèi

镅〔鎇〕 méi

鹙〔鶖〕 qiū

稳〔穩〕 wěn

箦〔簀〕 zé

箧〔篋〕 qiè

箨〔籜〕 tuò

箩〔籮〕 luó

箪〔簞〕 dān

箓〔籙〕 lù

箫〔簫〕 xiāo

舆〔輿〕 yú

膑〔臏〕 bìn

鲑〔鮭〕 guī

鲒〔鮚〕 jié

鲔〔鮪〕 yǒu

鲖〔鮦〕 tóng

鲗〔鰂〕	zéi	
鲙〔鱠〕	kuài	
鲚〔鱭〕	jì	
鲛〔鮫〕	jiāo	
鲜〔鮮〕	xiān	
鲟〔鱘〕	xún	
飀〔飅〕	liú	
馑〔饉〕	jǐn	
馒〔饅〕	mán	

【丶】

銮〔鑾〕	luán
瘗〔瘞〕	yì
瘘〔瘺〕	lòu
阚〔闞〕	hǎn
鲝〔鮺〕	zhǎ
鲞〔鯗〕	xiǎng
糁〔糝〕	shēn
鹚〔鷀〕	cí
潇〔瀟〕	xiāo
潋〔瀲〕	liàn

潍〔濰〕	wéi
赛〔賽〕	sài
寠〔竇〕	jù
谭〔譚〕	tán
谮〔譖〕	zèn
禐〔禲〕	kuì
褛〔褸〕	lǚ
谯〔譙〕	qiáo
谰〔讕〕	lán
谱〔譜〕	pǔ
谲〔譎〕	jué

【乛】

鹛〔鶥〕	méi
嫱〔嬙〕	qiáng
骛〔騖〕	wù
缥〔縹〕	piāo
骠〔驃〕	
黄～馬	biāo
～勇	piào
缦〔縵〕	màn

骡〔騾〕 luó

缧〔縲〕 léi

缨〔纓〕 yīng

骢〔驄〕 cōng

缩〔縮〕 suō

缪〔繆〕

姓~　　 miào

紕~　　 miù

綢~　　 móu

缫〔繅〕 sāo

15 畫

【一】

耧〔耬〕 lóu

瓔〔瓔〕 yīng

逮〔轗〕 dài

撵〔攆〕 niǎn

撷〔擷〕 xié

撺〔攛〕 cuān

聩〔聵〕 kuì

聪〔聰〕 cōng

觐〔覲〕 jìn

鞑〔韃〕 dá

鞒〔鞽〕 qiáo

蕲〔蘄〕 qí

赜〔賾〕 zé

蕴〔蘊〕 yùn

樯〔檣〕 qiáng

樱〔櫻〕 yīng

飘〔飄〕 piāo

靥〔靨〕 yè

魇〔魘〕 yǎn

餍〔饜〕 yàn

霉〔黴〕 méi

辘〔轆〕 lù

【丨】

齬〔齬〕 yǔ

龊〔齪〕 chuò

觑〔覷〕 qù

瞒〔瞞〕　mán
题〔題〕　tí
颙〔顒〕　yóng
踬〔躓〕　zhì
蹢〔躑〕　zhí
蝾〔蠑〕　róng
蝼〔螻〕　lóu
噜〔嚕〕　lū
嘱〔囑〕　zhǔ
颛〔顓〕　zhuān

【丿】

镊〔鑷〕　niè
镇〔鎮〕　zhèn
镉〔鎘〕　gé
镋〔钂〕　tǎng
镌〔鐫〕　juān
镍〔鎳〕　niè
镎〔錼〕　ná
镏〔鎦〕　liú
镐〔鎬〕　gǎo

镑〔鎊〕　bàng
镒〔鎰〕　yì
镓〔鎵〕　jiā
镔〔鑌〕　bīn
镐〔鐥〕　shàn
篑〔簣〕　kuì
篓〔簍〕　lǒu
鹏〔鵬〕　tī
鹊〔鶺〕　jí
鹞〔鷂〕　yào
鲠〔鯁〕　gěng
鲡〔鱺〕　lí
鲢〔鰱〕　lián
鲣〔鰹〕　jiān
鲥〔鰣〕　shí
鲤〔鯉〕　lǐ
鲦〔鰷〕　tiáo
鲧〔鯀〕　gǔn
鲩〔鯇〕　huàn
鲫〔鯽〕　jì
馓〔饊〕　sǎn
馔〔饌〕　zhuàn

【丶】

瘪〔癟〕 biě
瘫〔癱〕 tān
廲〔廱〕 jī
颜〔顏〕 yán
鹣〔鶼〕 jiān
鲨〔鯊〕 shā
澜〔瀾〕 lán
额〔額〕 é
谳〔讞〕 yàn
褴〔襤〕 lán
谴〔譴〕 qiǎn
鹤〔鶴〕 hè
谵〔譫〕 zhān

【乛】

屦〔屨〕 jù
缬〔纈〕 xié
缭〔繚〕 liáo
缮〔繕〕 shàn

缯〔繒〕 zēng

16 畫

【一】

耙〔耰〕 bà
擞〔擻〕 sǒu
颞〔顳〕 niè
颟〔顢〕 mān
薮〔藪〕 sǒu
颠〔顛〕 diān
橹〔櫓〕 lǔ
橼〔櫞〕 yuán
鹥〔鷖〕 yī
赝〔贋〕 yàn
飙〔飆〕 biāo
獴〔獱〕 fén
錾〔鏨〕 zàn
辙〔轍〕 zhé
辚〔轔〕 lín

【丨】

嵯〔嵯〕 cuó

螨〔蟎〕 mǎn

鹦〔鸚〕 yīng

赠〔贈〕 zèng

【丿】

锗〔鐯〕 zhuō

镖〔鏢〕 biāo

镗〔鏜〕 tāng

镘〔鏝〕 màn

镚〔鏰〕 bèng

镛〔鏞〕 yōng

镜〔鏡〕 jìng

镝〔鏑〕 dī

镞〔鏃〕 zú

毬〔毶〕 lu

赞〔贊〕 zàn

穑〔穡〕 sè

篮〔籃〕 lán

篱〔籬〕 lí

魉〔魎〕 liǎng

鲭〔鯖〕 qīng

鲮〔鯪〕 líng

鲰〔鯫〕 zōu

鲱〔鯡〕 fēi

鲲〔鯤〕 kūn

鲳〔鯧〕 chāng

鲵〔鯢〕 ní

鲶〔鯰〕 nián

鲷〔鯛〕 diāo

鲸〔鯨〕 jīng

鲻〔鯔〕 zī

獭〔獺〕 tǎ

【丶】

鹧〔鷓〕 zhè

瘿〔癭〕 yǐng

瘾〔癮〕 yǐn

斓〔斕〕 lán

辩〔辯〕 biàn

濑〔瀨〕 lài
瀕〔瀕〕 bīn
懒〔懶〕 lǎn
黉〔黌〕 hóng

【一】

鹨〔鷚〕 liù
颡〔顙〕 sǎng
缰〔繮〕 jiāng
缱〔繾〕 qiǎn
缲〔繰〕 qiāo
缳〔繯〕 huán
缴〔繳〕 jiǎo

17 畫

【一】

藓〔蘚〕 xiǎn
鹩〔鷯〕 liáo

【丨】

龋〔齲〕 qǔ
龌〔齷〕 wò
瞩〔矚〕 zhǔ
蹒〔蹣〕 pán
蹑〔躡〕 niè
蟏〔蠨〕 xiāo
嘣〔嚶〕 hǎn
羁〔羈〕 jī
赡〔贍〕 shàn

【丿】

镢〔鐝〕 jué
镣〔鐐〕 liào
镤〔鏷〕 pú
镥〔鑥〕 lǔ
镦〔鐓〕 dūn
镧〔鑭〕 lán
镨〔鐠〕 shàn
镨〔錯〕 pǔ

锛〔鑹〕　cuān
锵〔鏹〕　qiǎng
镫〔鐙〕　dèng
簖〔籪〕　duàn
鹪〔鷦〕　jiāo
鰆〔鰆〕　chūn
鲽〔鰈〕　dié
鲿〔鱨〕　cháng
鳃〔鰓〕　sāi
鳁〔鰛〕　wēn
鳄〔鰐〕　è
鳅〔鰍〕　qiū
鳆〔鰒〕　fù
鳇〔鰉〕　huáng
鳈〔鰁〕　qiú
鳊〔鯿〕　biān

【丶】

鹫〔鷲〕　jiù
辫〔辮〕　biàn
赢〔贏〕　yíng

懑〔懣〕　mèn

【乛】

鹬〔鷸〕　yù
骤〔驟〕　zhòu

18 畫

【一】

鳌〔鰲〕　áo
鞯〔韉〕　jiān
黡〔黶〕　yǎn

【丨】

歟〔歟〕　yú
颢〔顥〕　hào
鹭〔鷺〕　lù
嚣〔囂〕　xiāo

髏〔髏〕　lóu

【丿】

鑊〔鑊〕　huò
鐳〔鐳〕　léi
鐶〔鐶〕　huán
鐲〔鐲〕　zhuó
鐮〔鐮〕　lián
鐿〔鐿〕　yì
䲑〔䲑〕　chóu
䲚〔䲚〕　téng
鰭〔鰭〕　qí
鰨〔鰨〕　tǎ
鰥〔鰥〕　guān
鰟〔鰟〕　páng
鰜〔鰜〕　jiān

【丶】

鸇〔鸇〕　zhān
鷹〔鷹〕　yīng

癩〔癩〕　lài
幝〔幝〕　chǎn
讌〔讌〕　yàn

【𠃌】

䃌〔䃌〕　pì

<u>19 畫</u>

【一】

攢〔攢〕
～動　　cuán
～錢　　zǎn
靄〔靄〕　ǎi

【丨】

鱉〔鱉〕　biē
蹿〔躥〕　cuān

巅〔巔〕　diān
髋〔髖〕　kuān
鬓〔鬢〕　bìn

【丿】

镲〔鑔〕　chǎ
籁〔籟〕　lài
鳘〔鰵〕　mǐn
鳓〔鰳〕　lè
鳔〔鰾〕　biào
鳕〔鱈〕　xuě
鳗〔鰻〕　mán
鳙〔鱅〕　yōng
鳛〔鰼〕　xí

【丶】

颤〔顫〕
～抖　　chàn
～栗　　zhàn
癣〔癬〕　xuǎn

谶〔讖〕　chèn

【乛】

骥〔驥〕　jì
缵〔纘〕　zuǎn

20畫

【一】

瓒〔瓚〕　zàn
鬓〔鬢〕　bìn
颥〔顬〕　rú

【丨】

鼍〔鼉〕　tuó
黩〔黷〕　dú

【丿】

镳〔鑣〕 biāo
镴〔鑞〕 là
䐃〔臢〕 zā
鳜〔鱖〕 guì
鳝〔鱔〕 shàn
鳞〔鱗〕 lín
鳟〔鱒〕 zūn

【﹁】

骧〔驤〕 xiāng

21 畫

颦〔顰〕 pín
躏〔躪〕 lìn
鳢〔鱧〕 lǐ
鳣〔鱣〕 zhān
癫〔癲〕 diān
赣〔贛〕 gàn
灏〔灝〕 hào

22 畫

鹳〔鸛〕 guàn
镶〔鑲〕 xiāng

23 畫

趱〔趲〕 zǎn
颧〔顴〕 quán
躜〔躦〕 zuān

24 畫

镢〔钁〕 jué
馕〔饢〕 náng
戆〔戇〕 zhuàng

三、從繁體字查簡體字

7 畫

〔車〕车　chē
〔夾〕夹　jiā
〔貝〕贝　bèi
〔見〕见　jiàn
〔壯〕壮　zhuàng
〔妝〕妆　zhuāng

8 畫

【一】

〔長〕长
～期　　　cháng
生～　　　zhǎng

〔亞〕亚　yà
〔軋〕轧
倾～　　　yà
～钢　　　zhá
〔東〕东　dōng
〔兩〕两　liǎng
〔協〕协　xié
〔來〕来　lái
〔戔〕戋　jiān

【丨】

〔門〕门　mén
〔岡〕冈　gāng

【丿】

〔侖〕仑　lún
〔兒〕儿　ér

【一】

〔狀〕状　zhuàng
〔糾〕纠　jiū

9畫

【一】

〔剋〕克　kè
〔軌〕轨　guǐ
〔厙〕厍　shè
〔頁〕页　yè
〔郟〕郏　jiá
〔剄〕刭　jǐng
〔勁〕劲
～头　　　jìn
强～　　　jìng

【丨】

〔貞〕贞　zhēn
〔則〕则　zé
〔閂〕闩　shuān
〔迴〕回　huí

【丿】

〔俠〕侠　xiá
〔係〕系　xì
〔鳧〕凫　fú
〔帥〕帅　shuài
〔後〕后　hòu
〔釓〕钆　gá
〔釔〕钇　yǐ
〔負〕负　fù
〔風〕风　fēng

【丶】

〔訂〕订　dìng

〔計〕计 jì
〔訃〕讣 fù
〔軍〕军 jūn
〔祇〕只 zhǐ

【乛】

〔陣〕阵 zhèn
〔韋〕韦 wéi
〔陝〕陕 shǎn
〔陘〕陉 xíng
〔飛〕飞 fēi
〔紆〕纡 yū
〔紅〕红 hóng
〔紂〕纣 zhòu
〔紈〕纨 wán
〔級〕级 jí
〔約〕约 yuē
〔紇〕纥 hé
〔紀〕纪 jì
〔紉〕纫 rèn

10 畫

【一】

〔馬〕马 mǎ
〔挾〕挟 xié
〔貢〕贡 gòng
〔華〕华 huá
〔莢〕荚 jiá
〔莖〕茎 jīng
〔莧〕苋 xiàn
〔莊〕庄 zhuāng
〔軒〕轩 xuān
〔連〕连 lián
〔軔〕轫 rèn
〔剗〕刬 chàn

【丨】

〔鬥〕斗 dòu
〔時〕时 shí

〔畢〕毕 bì

〔財〕财 cái

〔覘〕觇 yàn

〔閃〕闪 shǎn

〔唄〕呗 bei

〔員〕员 yuán

〔豈〕岂 qǐ

〔峽〕峡 xiá

〔峴〕岘 xiàn

〔剛〕刚 gāng

〔剮〕剐 guǎ

【丿】

〔氣〕气 qì

〔郵〕邮 yóu

〔悵〕怅 chāng

〔倆〕俩

他们～ liǎ

伎～ liǎng

〔條〕条 tiáo

〔們〕们 men

〔個〕个 gè

〔倫〕伦 lún

〔隻〕只 zhī

〔島〕岛 dǎo

〔烏〕乌 wū

〔師〕师 shī

〔徑〕径 jìng

〔釘〕钉

螺丝～ dīng

～扣子 dìng

〔針〕针 zhēn

〔釗〕钊 zhāo

〔鈈〕钋 pō

〔釕〕钌 liǎo

〔殺〕杀 shā

〔倉〕仓 cāng

〔脅〕胁 xié

〔狹〕狭 xiá

〔狽〕狈 bèi

〔芻〕刍 chú

【丶】

〔訐〕讦　jié

〔訌〕讧　hòng

〔討〕讨　tǎo

〔訕〕讪　shàn

〔訖〕讫　qì

〔訓〕训　xùn

〔這〕这　zhè

〔訊〕讯　xùn

〔記〕记　jì

〔凍〕冻　dòng

〔畝〕亩　mǔ

〔庫〕库　kù

〔浹〕浃　jiā

〔涇〕泾　jīng

【乛】

〔書〕书　shū

〔陸〕陆

　～万　　　liù

　～续　　　lù

〔陳〕陈　chén

〔孫〕孙　sūn

〔陰〕阴　yīn

〔務〕务　wù

〔紜〕纭　yún

〔純〕纯　chún

〔紕〕纰　pī

〔紗〕纱　shā

〔納〕纳　nà

〔紝〕纴　rèn

〔紛〕纷　fēn

〔紙〕纸　zhǐ

〔紋〕纹　wén

〔紡〕纺　fǎng

〔紖〕纼　zhèn

〔紐〕纽　niǔ

〔紓〕纾　shū

11畫

【一】

〔責〕责　zé

〔現〕现　xiàn

〔匭〕匦　guǐ

〔規〕规　guī

〔殼〕壳

贝～　　　ké

地～　　　qiào

〔埡〕垭　yā

〔揠〕揠　yà

〔捨〕舍　shě

〔捫〕扪　mén

〔摑〕掴　gāng

〔堝〕埚　guō

〔頂〕顶　dǐng

〔掄〕抡　lūn

〔執〕执　zhí

〔捲〕卷　juǎn

〔掃〕扫　sǎo

〔堊〕垩　è

〔萊〕莱　lái

〔萵〕莴　wō

〔乾〕干　gān

〔梘〕枧　jiǎn

〔軛〕轭　è

〔斬〕斩　zhǎn

〔軟〕软　ruǎn

〔專〕专　zhuān

〔區〕区

姓～　　　ōu

地～　　　qū

〔堅〕坚　jiān

〔帶〕带　dài

〔廁〕厕　cè

〔硃〕朱　zhū

〔麥〕麦　mài

〔頃〕顷　qǐng

【｜】

〔鹵〕卤　lǔ

〔處〕处

～罚　　　chǔ

到～　　　chù

〔敗〕败　bài

〔販〕贩 fàn

〔貶〕贬 biǎn

〔啞〕哑 yǎ

〔閉〕闭 bì

〔問〕问 wèn

〔婁〕娄 lóu

〔倆〕俩 liǎng

〔國〕国 guó

〔喎〕㖞 wāi

〔帳〕帐 zhàng

〔崠〕崬 dōng

〔崍〕崃 lái

〔崗〕岗 gǎng

〔圇〕囵 lún

〔過〕过 guò

【丿】

〔氫〕氢 qīng

〔動〕动 dòng

〔偵〕侦 zhēn

〔側〕侧 cè

〔貨〕货 huò

〔進〕进 jìn

〔梟〕枭 xiāo

〔鳥〕鸟 niǎo

〔偉〕伟 wěi

〔徠〕徕 lái

〔術〕术 shù

〔從〕从 cóng

〔釷〕钍 tǔ

〔釺〕钎 qiān

〔釧〕钏 chuàn

〔釤〕钐 shān

〔釣〕钓 diào

〔釩〕钒 fán

〔釹〕钕 nǚ

〔釵〕钗 chāi

〔貪〕贪 tān

〔覓〕觅 mì

〔飥〕饦 tuō

〔貧〕贫 pín

〔脛〕胫 jìng

〔魚〕鱼 yú

【丶】

〔詎〕讵 jù
〔訝〕讶 yà
〔訥〕讷 nè
〔許〕许 xǔ
〔訛〕讹 é
〔訢〕䜣 xīn
〔詾〕讻 xiōng
〔訟〕讼 sòng
〔設〕设 shè
〔訪〕访 fǎng
〔訣〕诀 jué
〔產〕产 chǎn
〔牽〕牵 qiān
〔烴〕烃 tīng
〔淶〕涞 lái
〔淺〕浅 qiǎn
〔渦〕涡 wō
〔淪〕沦 lún
〔悵〕怅 chàng
〔鄆〕郓 yùn

〔啓〕启 qǐ
〔視〕视 shì

【乛】

〔將〕将
～来　　　jiāng
～领　　　jiàng
〔晝〕昼 zhòu
〔張〕张 zhāng
〔階〕阶 jiē
〔陽〕阳 yáng
〔隊〕队 duì
〔婭〕娅 yà
〔媧〕娲 wā
〔婦〕妇 fù
〔習〕习 xí
〔參〕参
～加　　　cān
～差　　　cēn
人～　　　shēn
〔紺〕绀 gàn

〔緤〕继 xiè

〔紱〕绂 fú

〔組〕组 zǔ

〔紳〕绅 shēn

〔紬〕绌 chōu

〔細〕细 xì

〔終〕终 zhōng

〔絆〕绊 bàn

〔紼〕绋 fú

〔絀〕绌 chù

〔紹〕绍 shào

〔紿〕给 dài

〔貫〕贯 guàn

〔鄉〕乡 xiāng

12 畫

【一】

〔貳〕贰 èr

〔頇〕顸 hān

〔堯〕尧 yáo

〔揀〕拣 jiǎn

〔馭〕驭 yù

〔項〕项 xiàng

〔賁〕贲 bēn

〔場〕场 chǎng

〔揚〕扬 yáng

〔塊〕块 kuài

〔達〕达 dá

〔報〕报 bào

〔揮〕挥 huī

〔壺〕壶 hú

〔惡〕恶

～心 ě

～劣 è

可～ wù

〔葉〕叶 yè

〔貰〕贳 shì

〔萬〕万 wàn

〔葷〕荤 hūn

〔喪〕丧

～事 sāng

～失		sàng
〔葦〕苇		wěi
〔葒〕荭		hóng
〔葤〕荮		zhòu
〔棖〕枨		chéng
〔棟〕栋		dòng
〔棧〕栈		zhàn
〔棡〕枫		gāng
〔極〕极		jí
〔軲〕轱		gū
〔軻〕轲		kē
〔軸〕轴		zhóu
〔軼〕轶		yì
〔軤〕轷		hū
〔軫〕轸		zhěn
〔軺〕轺		yáo
〔畫〕画		huà
〔腎〕肾		shèn
〔棗〕枣		zǎo
〔硨〕砗		chē
〔硤〕硖		xiá
〔硯〕砚		yàn

〔殘〕残		cán
〔雲〕云		yún

【丨】

〔覘〕觇		chān
〔睏〕困		kùn
〔貼〕贴		tiē
〔覎〕觃		kuàng
〔貯〕贮		zhù
〔貽〕贻		yí
〔閏〕闰		rùn
〔開〕开		kāi
〔閑〕闲		xián
〔間〕间		
时～		jiān
～接		jiàn
〔閔〕闵		mǐn
〔悶〕闷		
～热		mēn
沉～		mèn
〔貴〕贵		guì

〔鄖〕郧 yún
〔勛〕勋 xūn
〔單〕单 dān
〔喲〕哟 yo
〔買〕买 mǎi
〔剴〕剀 kǎi
〔凱〕凯 kǎi
〔幀〕帧 zhēn
〔嵐〕岚 lán
〔幃〕帏 wéi
〔圍〕围 wéi

【丿】

〔無〕无 wú
〔氬〕氩 yà
〔喬〕乔 qiáo
〔筆〕笔 bǐ
〔備〕备 bèi
〔貸〕贷 dài
〔順〕顺 shùn
〔傖〕伧 cāng
〔傷〕㑇 zhòu
〔傢〕家 jiā
〔鄔〕邬 wū
〔衆〕众 zhòng
〔復〕复 fù
〔須〕须 xū
〔鈃〕钘 xíng
〔鈣〕钙 gài
〔鈈〕钚 bù
〔鈦〕钛 tài
〔釾〕铘 yá
〔鈍〕钝 dùn
〔鈔〕钞 chāo
〔鈉〕钠 nà
〔鈐〕钤 qián
〔欽〕钦 qīn
〔鈞〕钧 jūn
〔鈎〕钩 gōu
〔鈧〕钪 kàng
〔鈁〕钫 fāng
〔鈥〕钬 huǒ
〔鈄〕钭 tǒu

〔鈕〕钮 niǔ

〔鈀〕钯 bǎ

〔傘〕伞 sǎn

〔爺〕爷 yé

〔創〕创

～伤 chuāng

～造 chuàng

〔飩〕饨 tún

〔飪〕饪 rèn

〔飫〕饫 yù

〔飭〕饬 chì

〔飯〕饭 fàn

〔飲〕饮 yǐn

〔爲〕为

～难 wéi

～什么 wèi

〔脹〕胀 zhàng

〔腖〕胨 dòng

〔腡〕脶 luó

〔勝〕胜 shèng

〔猶〕犹 yóu

〔貿〕贸 mào

〔鄒〕邹 zōu

【丶】

〔詁〕诂 gǔ

〔訶〕诃 hē

〔評〕评 píng

〔詛〕诅 zǔ

〔詷〕诇 xiòng

〔詐〕诈 zhà

〔訴〕诉 sù

〔診〕诊 zhěn

〔詆〕诋 dǐ

〔詞〕词 cí

〔詘〕诎 qū

〔詔〕诏 zhào

〔詒〕诒 yí

〔馮〕冯 féng

〔痙〕痉 jìng

〔勞〕劳 láo

〔湞〕浈 zhēn

〔測〕测 cè

〔湯〕汤 tāng

〔淵〕渊 yuān

〔渢〕沨 fēng

〔渾〕浑 hún

〔愜〕惬 qiè

〔惻〕恻 cè

〔惲〕恽 yùn

〔惱〕恼 nǎo

〔運〕运 yùn

〔補〕补 bǔ

〔禍〕祸 huò

【丶】

〔尋〕寻 xún

〔費〕费 fèi

〔違〕违 wéi

〔韌〕韧 rèn

〔隕〕陨 yǔn

〔賀〕贺 hè

〔發〕发 fā

〔綁〕绑 bǎng

〔絨〕绒 róng

〔結〕结

～实 jiē

～构 jié

〔綺〕绮 kù

〔絰〕绖 dié

〔絎〕绗 háng

〔給〕给

～以 gěi

～予 jǐ

〔絢〕绚 xuàn

〔絳〕绛 jiàng

〔絡〕络 luò

〔絞〕绞 jiǎo

〔統〕统 tǒng

〔絕〕绝 jué

〔絲〕丝 sī

〔幾〕几

～乎 jī

～何 jǐ

13 畫

【一】

〔頊〕顼　xū

〔琿〕珲　hún

〔瑋〕玮　wěi

〔頑〕顽　wán

〔載〕载

记～　　　zǎi

～重　　　zài

〔馱〕驮　tuó

〔馴〕驯　xùn

〔馳〕驰　chí

〔塒〕坶　shí

〔塤〕埙　xūn

〔損〕损　sǔn

〔遠〕远　yuǎn

〔塏〕垲　kǎi

〔勢〕势　shì

〔搶〕抢　qiǎng

〔搗〕捣　dǎo

〔塢〕坞　wù

〔壼〕壸　kǔn

〔聖〕圣　shèng

〔蓋〕盖　gài

〔蓮〕莲　lián

〔蒔〕莳　shì

〔蓽〕荜　bì

〔夢〕梦　mèng

〔蒼〕苍　cāng

〔幹〕干　gàn

〔蓀〕荪　sūn

〔蔭〕荫　yīn

〔蒓〕莼　chún

〔楨〕桢　zhēn

〔楊〕杨　yáng

〔嗇〕啬　sè

〔楓〕枫　fēng

〔軾〕轼　shì

〔輊〕轾　zhì

〔輅〕辂　lù

〔較〕较　jiào

〔竪〕竖　shù

〔賈〕贾

商～　　　gǔ

姓～	jiǎ		～然	huá
〔匯〕汇	huì		〔嗊〕唝	gòng
〔電〕电	diàn		〔暘〕旸	yáng
〔頓〕顿	dùn		〔閘〕闸	zhá
〔盞〕盏	zhǎn		〔黽〕黾	mǐn
			〔暈〕晕	
【丨】			～倒	yūn
			～车	yùn
〔歲〕岁	suì		〔號〕号	hào
〔虜〕虏	lǔ		〔園〕园	yuán
〔業〕业	yè		〔蛺〕蛱	jiá
〔當〕当			〔蜆〕蚬	xiǎn
～心	dāng		〔農〕农	nóng
～做	dàng		〔嗩〕唢	suǒ
〔睞〕睐	lái		〔嗶〕哔	bì
〔賊〕贼	zéi		〔嗚〕呜	wū
〔賄〕贿	huì		〔嗆〕呛	qiàng
〔賂〕赂	lù		〔圓〕圆	yuán
〔賅〕赅	gāi		〔骯〕肮	āng
〔嗎〕吗	ma			
〔嘩〕哗			【丿】	
～啦	huā			

〔筧〕笕　jiǎn

〔節〕节　jié

〔與〕与　yǔ

〔債〕债　zhài

〔僅〕仅　jǐn

〔傳〕传

～播　chuán

～记　zhuàn

〔傴〕伛　yǔ

〔傾〕倾　qīng

〔僂〕偻

佝～　lóu

伛～　lǚ

〔賃〕赁　lìn

〔傷〕伤　shāng

〔傭〕佣　yōng

〔裊〕袅　niǎo

〔頎〕颀　qí

〔鈺〕钰　yù

〔鉦〕钲　zhēng

〔鉗〕钳　qián

〔鈷〕钴　gǔ

〔鉢〕钵　bō

〔鉅〕钜　pǒ

〔鈳〕钶　kē

〔鈸〕钹　bó

〔鉞〕钺　yuè

〔鉬〕钼　mù

〔鉭〕钽　tǎn

〔鉀〕钾　jiǎ

〔鈾〕铀　yóu

〔鈿〕钿　diàn

〔鉑〕铂　bó

〔鈴〕铃　líng

〔鉛〕铅　qiān

〔鉚〕铆　mǎo

〔鈰〕铈　shì

〔鉉〕铉　xuàn

〔鉈〕铊　tā

〔鉍〕铋　bì

〔鈮〕铌　ní

〔鈹〕铍　pí

〔僉〕佥　qiān

〔會〕会

〜客　　　huì

〜計　　　kuài

〔亂〕乱　luàn

〔愛〕爱　ài

〔飾〕饰　shì

〔飽〕饱　bǎo

〔飼〕饲　sì

〔飿〕饳　duò

〔飴〕饴　yí

〔頒〕颁　bān

〔頌〕颂　sòng

〔腸〕肠　cháng

〔腫〕肿　zhǒng

〔腦〕脑　nǎo

〔劎〕刟　dāo

〔獁〕犸　mǎ

〔鳩〕鸠　jiū

〔獅〕狮　shī

〔猻〕狲　sūn

【丶】

〔誆〕诓　kuāng

〔誄〕诔　lěi

〔試〕试　shì

〔詿〕诖　guà

〔詩〕诗　shī

〔詰〕诘　jié

〔誇〕夸　kuā

〔詼〕诙　huī

〔誠〕诚　chéng

〔誅〕诛　zhū

〔話〕话　huà

〔誕〕诞　dàn

〔詬〕诟　gòu

〔詮〕诠　quán

〔詭〕诡　guǐ

〔詢〕询　xún

〔詣〕诣　yì

〔諍〕诤　zhèng

〔該〕该　gāi

〔詳〕详　xiáng

〔詫〕诧　chà

〔詡〕诩　xǔ

〔裏〕里 lǐ

〔準〕准 zhǔn

〔頏〕颃 háng

〔資〕资 zī

〔羥〕羟 qiǎng

〔義〕义 yì

〔煉〕炼 liàn

〔煩〕烦 fán

〔煬〕炀 yáng

〔塋〕茔 yíng

〔熒〕荧 qióng

〔煒〕炜 wěi

〔遞〕递 dì

〔溝〕沟 gōu

〔漣〕涟 lián

〔滅〕灭 miè

〔湏〕涢 yún

〔滌〕涤 dí

〔澌〕狮 shī

〔塗〕涂 tú

〔滄〕沧 cāng

〔愷〕恺 kǎi

〔愾〕忾 kài

〔愴〕怆 chuàng

〔懰〕㤘 zhòu

〔窩〕窝 wō

〔禎〕祯 zhēn

〔禕〕祎 yī

【一】

〔肅〕肃 sù

〔裝〕装 zhuāng

〔遜〕逊 xùn

〔際〕际 jì

〔媽〕妈 mā

〔預〕预 yù

〔綆〕绠 gěng

〔經〕经 jīng

〔綃〕绡 xiāo

〔絹〕绢 juàn

〔綉〕绣 xiù

〔綏〕绥 suí

〔綈〕绨 tí

〔彙〕汇 huì

14 畫

【一】

〔瑪〕玛 mǎ
〔璉〕琏 liǎn
〔瑣〕琐 suǒ
〔瑲〕玱 qiāng
〔駁〕驳 bó
〔摶〕抟 tuán
〔摳〕抠 kōu
〔趙〕赵 zhào
〔趕〕赶 gǎn
〔摟〕搂 lǒu
〔摑〕掴 guó
〔臺〕台 tái
〔搵〕挝 wō
〔墊〕垫 diàn
〔壽〕寿 shòu

〔摺〕折 zhé
〔摻〕掺 chān
〔摜〕掼 guàn
〔勩〕勚 yì
〔蔞〕蒌 lóu
〔蔦〕茑 niǎo
〔蓯〕苁 cōng
〔蔔〕卜 bo
〔蔣〕蒋 jiǎng
〔薌〕芗 xiāng
〔構〕构 gòu
〔樺〕桦 huà
〔橙〕桤 qī
〔覡〕觋 xí
〔槍〕枪 qiāng
〔輒〕辄 zhé
〔輔〕辅 fǔ
〔輕〕轻 qīng
〔塹〕堑 qiàn
〔匱〕匮 kuì
〔監〕监 jiān
〔緊〕紧 jǐn

〔厲〕厉　lì
〔厭〕厌　yàn
〔碩〕硕　shuò
〔碭〕砀　dàng
〔碸〕砜　fēng
〔奩〕奁　lián
〔爾〕尔　ěr
〔奪〕夺　duó
〔殞〕殒　yǔn
〔鳶〕鸢　yuān
〔甎〕球　qiú

【丨】

〔對〕对　duì
〔幣〕币　bì
〔彆〕别　biè
〔嘗〕尝　cháng
〔嘖〕啧　zé
〔曄〕晔　yè
〔夥〕伙　huǒ
〔賑〕赈　zhèn

〔賒〕赊　shē
〔嘆〕叹　tàn
〔暢〕畅　chàng
〔嘜〕唛　mài
〔閨〕闺　guī
〔聞〕闻　wén
〔閩〕闽　mǐn
〔閭〕闾　lú
〔閥〕阀　fá
〔閤〕合　hé
〔閣〕阁　gé
〔閘〕阐　zhèng
〔閡〕阂　hé
〔嘔〕呕　ǒu
〔蝸〕蜗　wō
〔團〕团　tuán
〔嘍〕喽
　　～啰　lóu
水开～　lou
〔鄲〕郸　dān
〔鳴〕鸣　míng
〔幘〕帻　zé

〔嶄〕崭 zhǎn

〔嶇〕岖 qū

〔罰〕罚 fá

〔嶁〕嵝 lǒu

〔幗〕帼 guó

〔圖〕图 tú

【丿】

〔製〕制 zhì

〔種〕种

～类 zhǒng

～地 zhòng

〔稱〕称

～心 chèn

～赞 chēng

〔箋〕笺 jiān

〔僥〕侥 jiǎo

〔僨〕偾 fèn

〔僕〕仆 pú

〔僑〕侨 qiáo

〔偽〕伪 wěi

〔銜〕衔 xián

〔鉶〕铏 xíng

〔銬〕铐 kào

〔銠〕铑 lǎo

〔鉺〕铒 ěr

〔鋩〕铓 máng

〔銪〕铕 yǒu

〔鋁〕铝 lǚ

〔銅〕铜 tóng

〔銱〕铞 diào

〔銦〕铟 yīn

〔銖〕铢 zhū

〔銑〕铣 xǐ

〔銩〕铥 diū

〔鋌〕铤 tǐng

〔銓〕铨 quán

〔鉿〕铪 hā

〔銚〕铫 diào

〔銘〕铭 míng

〔鉻〕铬 gè

〔錚〕铮 zhēng

〔鉋〕铯 sè

〔鉸〕铰　jiǎo

〔銥〕铱　yī

〔銃〕铳　chòng

〔銨〕铵　ǎn

〔銀〕银　yín

〔鋤〕铷　rú

〔餕〕饯　qiàng

〔餌〕饵　ěr

〔蝕〕蚀　shí

〔餉〕饷　xiǎng

〔飴〕饴　hé

〔餎〕饹　le

〔餃〕饺　jiǎo

〔餏〕饻　xī

〔餅〕饼　bǐng

〔領〕领　lǐng

〔鳳〕凤　fèng

〔颱〕台　tái

〔獄〕狱　yù

【丶】

〔誡〕诫　jiè

〔誣〕诬　wū

〔語〕语　yǔ

〔誚〕诮　qiào

〔誤〕误　wù

〔誥〕诰　gào

〔誘〕诱　yòu

〔誨〕诲　huì

〔誑〕诳　kuáng

〔說〕说　shuō

〔認〕认　rèn

〔誦〕诵　sòng

〔誒〕诶

（表招呼）ē

（表驚訝）é

（表反對）ě

（表答應）è

〔廣〕广　guǎng

〔麼〕么　me

〔廎〕顷　qǐng

〔瘧〕疟　nüè

〔瘍〕疡　yáng

〔瘋〕疯 fēng

〔塵〕尘 chén

〔颯〕飒 sà

〔適〕适 shì

〔齊〕齐 qí

〔養〕养 yǎng

〔鄰〕邻 lín

〔鄭〕郑 zhèng

〔燁〕烨 yè

〔熗〕炝 qiàng

〔榮〕荣 róng

〔熒〕荥 xíng

〔犖〕荦 luò

〔熒〕荧 yíng

〔漬〕渍 zì

〔漢〕汉 hàn

〔滿〕满 mǎn

〔漸〕渐 jiàn

〔漚〕沤 òu

〔滯〕滞 zhì

〔滷〕卤 lǔ

〔漊〕溇 lóu

〔漁〕渔 yú

〔滸〕浒 hǔ

〔滻〕浐 chǎn

〔滬〕沪 hù

〔漲〕涨

～潮 zhǎng

头昏脑～ zhàng

〔滲〕渗 shèn

〔慚〕惭 cán

〔慪〕怄 òu

〔慳〕悭 qiān

〔慟〕恸 tòng

〔慘〕惨 cǎn

〔慣〕惯 guàn

〔寬〕宽 kuān

〔賓〕宾 bīn

〔窪〕洼 wā

〔寧〕宁

～静 níng

～可 nìng

〔寢〕寝 qǐn

〔實〕实 shí

〔鞍〕鞍　jūn
〔複〕复　fù

【フ】

〔劃〕划

～船　　　huá
计～　　　huà

〔盡〕尽　jìn
〔屢〕屡　lǚ
〔獎〕奖　jiǎng
〔墮〕堕　duò
〔隨〕随　suí
〔韍〕韍　fú
〔墜〕坠　zhuì
〔嫗〕妪　yù
〔頗〕颇　pō
〔態〕态　tài
〔鄧〕邓　dèng
〔緒〕绪　xù
〔綾〕绫　líng
〔綺〕绮　qǐ

〔綫〕线　xiàn
〔緋〕绯　fēi
〔綽〕绰　chuò
〔緄〕绲　gǔn
〔綱〕纲　gāng
〔網〕网　wǎng
〔維〕维　wéi
〔綿〕绵　mián
〔綸〕纶

～巾　　　guān
涤～　　　lún

〔綬〕绶　shòu
〔綳〕绷　bēng
〔綢〕绸　chóu
〔綹〕绺　liǔ
〔綣〕绻　quǎn
〔綜〕综　zōng
〔綻〕绽　zhàn
〔綰〕绾　wǎn
〔綠〕绿

～林　　　lù
～化　　　lǜ

〔綴〕缀 zhuì
〔緇〕缁 zī

15 畫

〔一〕

〔鬧〕闹 nào
〔璡〕琎 jìn
〔靚〕靓 jìng
〔輦〕辇 niǎn
〔髮〕发 fà
〔撓〕挠 náo
〔墳〕坟 fén
〔撻〕挞 tà
〔駔〕驵 zǎng
〔駛〕驶 shǐ
〔駟〕驷 sì
〔駙〕驸 fù
〔駒〕驹 jū
〔駐〕驻 zhù

〔駝〕驼 tuó
〔駘〕驸 tái
〔撲〕扑 pū
〔頡〕颉
　仓～　　jié
　～颃　　xié
〔撣〕掸 dǎn
〔賣〕卖 mài
〔撫〕抚 fǔ
〔撟〕挢 jiǎo
〔撳〕揿 qìn
〔熱〕热 rè
〔鞏〕巩 gǒng
〔摯〕挚 zhì
〔撈〕捞 lāo
〔穀〕谷 gǔ
〔慤〕悫 què
〔撏〕挦 xián
〔撥〕拨 bō
〔蕘〕荛 ráo
〔蔵〕蒇 chǎn
〔蕓〕芸 yún

〔邁〕迈　mài
〔殨〕㥅　kuì
〔買〕买　mǎi
〔蕪〕芜　wú
〔喬〕乔　qiáo
〔蕕〕莸　yóu
〔蕩〕荡　dàng
〔蕁〕荨　qián
〔樁〕桩　zhuāng
〔樞〕枢　shū
〔標〕标　biāo
〔樓〕楼　lóu
〔樅〕枞　cōng
〔麩〕麸　fū
〔賫〕赍　jī
〔樣〕样　yàng
〔橢〕椭　tuǒ
〔輛〕辆　liàng
〔輥〕辊　gǔn
〔輞〕辋　wǎng
〔槧〕椠　qiàn
〔暫〕暂　zàn

〔輪〕轮　lún
〔輟〕辍　chuò
〔輜〕辎　zī
〔甌〕瓯　ōu
〔歐〕欧　ōu
〔毆〕殴　ōu
〔賢〕贤　xián
〔遷〕迁　qiān
〔鳾〕䴓　shī
〔憂〕忧　yōu
〔碼〕码　mǎ
〔磑〕硙　wéi
〔確〕确　què
〔賚〕赉　lài
〔遼〕辽　liáo
〔殤〕殇　shāng
〔鴉〕鸦　yā

【｜】

〔輩〕辈　bèi
〔劌〕刿　guì

〔齒〕齿 chǐ   〔閱〕阅 yuè

〔劇〕剧 jù   〔閬〕阆 láng

〔膚〕肤 fū   〔數〕数

〔慮〕虑 lǜ   ～落 shǔ

〔鄴〕邺 yè   ～字 shù

〔輝〕辉 huī   〔踐〕践 jiàn

〔賞〕赏 shǎng   〔遺〕遗 yí

〔賦〕赋 fù   〔蝦〕虾 xiā

〔睛〕睛 qíng   〔嘸〕呒 ḿ

〔賬〕账 zhàng   〔嘮〕唠 láo

〔賭〕赌 dǔ   〔噝〕咝 sī

〔賤〕贱 jiàn   〔嘰〕叽 jī

〔賜〕赐 cì   〔嶢〕峣 yáo

〔賙〕赒 zhōu   〔罷〕罢 bà

〔賠〕赔 péi   〔嶠〕峤 jiào

〔賧〕赕 dǎn   〔嶔〕嵚 qīn

〔嘵〕哓 xiāo   〔幟〕帜 zhì

〔噴〕喷 pēn   〔嶗〕崂 láo

〔噠〕哒 dā

〔噁〕恶 ě   【丿】

〔閫〕阃 kǔn

〔闖〕闯 chuài   〔頲〕颋 tǐng

〔篋〕箧　qiè

〔範〕范　fàn

〔價〕价　jià

〔儂〕侬　nóng

〔儉〕俭　jiǎn

〔儈〕侩　kuài

〔億〕亿　yì

〔儀〕仪　yí

〔皚〕皑　ái

〔樂〕乐

～趣　　lè

音～　　yuè

〔質〕质　zhì

〔徵〕征　zhēng

〔衝〕冲

～锋　　chōng

～我笑　chòng

〔慫〕怂　sǒng

〔徹〕彻　chè

〔衛〕卫　wèi

〔盤〕盘　pán

〔鋪〕铺

～路　　pū

床～　　pù

〔鋏〕铗　jiá

〔鋱〕铽　tè

〔銷〕销　xiāo

〔鋥〕锃　zèng

〔鋰〕锂　lǐ

〔鋇〕钡　bèi

〔鋤〕锄　chú

〔鋯〕锆　gào

〔鋨〕锇　é

〔銹〕锈　xiù

〔銼〕锉　cuò

〔鋒〕锋　fēng

〔鋅〕锌　xīn

〔銳〕锐　ruì

〔銻〕锑　tī

〔鋃〕锒　láng

〔鋟〕锓　qǐn

〔鋼〕钢　ā

〔鋦〕锔　jú

〔頜〕颌　hé

〔劍〕剑 jiàn

〔劊〕刽 guì

〔鄶〕郐 kuài

〔餑〕饽 bō

〔餓〕饿 è

〔餘〕余 yú

〔餒〕馁 něi

〔膞〕脧 zhuān

〔膕〕腘 guó

〔膠〕胶 jiāo

〔鴇〕鸨 bǎo

〔魷〕鱿 yóu

〔魯〕鲁 lǔ

〔魴〕鲂 fáng

〔潁〕颍 yǐng

〔颳〕刮 guā

〔劉〕刘 liú

〔皺〕皱 zhòu

【丶】

〔請〕请 qǐng

〔諸〕诸 zhū

〔諏〕诹 zōu

〔諾〕诺 nuò

〔諑〕诼 zhuó

〔誹〕诽 fěi

〔課〕课 kè

〔諉〕诿 wěi

〔諛〕谀 yú

〔誰〕谁 shéi

shuí

〔論〕论 lùn

〔諗〕谂 shěn

〔調〕调

～查　　　diào

～整　　　tiáo

〔諂〕谄 chǎn

〔諒〕谅 liàng

〔諄〕谆 zhūn

〔誶〕谇 suì

〔談〕谈 tán

〔誼〕谊 yì

〔廟〕庙 miào

〔廠〕厂　chǎng

〔廡〕庑　wǔ

〔瘞〕瘗　yì

〔瘡〕疮　chuāng

〔賡〕赓　gēng

〔慶〕庆　qìng

〔廢〕废　fèi

〔敵〕敌　dí

〔頦〕颏　kē

〔導〕导　dǎo

〔瑩〕莹　yíng

〔潔〕洁　jié

〔澆〕浇　jiāo

〔遝〕逿　tà

〔潤〕润　rùn

〔澗〕涧　jiàn

〔潰〕溃　kuì

〔潿〕涠　wéi

〔潷〕滗　bì

〔潙〕沩　wéi

〔澇〕涝　lào

〔潯〕浔　xún

〔潑〕泼　pō

〔憤〕愤　fèn

〔憫〕悯　mǐn

〔憒〕愦　kuì

〔憚〕惮　dàn

〔憮〕怃　wǔ

〔憐〕怜　lián

〔寫〕写　xiě

〔審〕审　shěn

〔窮〕穷　qióng

〔褳〕裢　lián

〔褲〕裤　kù

〔鴆〕鸩　zhèn

【乛】

〔遲〕迟　chí

〔層〕层　céng

〔彈〕弹

～药　　dàn

～钢琴　tán

〔選〕选　xuǎn

〔槳〕桨 jiǎng
〔漿〕浆 jiāng
〔險〕险 xiǎn
〔嬈〕娆 ráo
〔嫻〕娴 xián
〔駕〕驾 jià
〔嬋〕婵 chán
〔嫵〕妩 wǔ
〔嬌〕娇 jiāo
〔嬀〕妫 guī
〔嬅〕婳 huà
〔駑〕驽 nú
〔翬〕翚 huī
〔毿〕毵 sān
〔緙〕缂 kè
〔緗〕缃 xiāng
〔練〕练 liàn
〔緘〕缄 jiān
〔緬〕缅 miǎn
〔緹〕缇 tí
〔緲〕缈 miǎo
〔緝〕缉 jī

〔縕〕缊 yùn
〔緦〕缌 sī
〔緞〕缎 duàn
〔緱〕缑 gōu
〔縋〕缒 zhuì
〔緩〕缓 huǎn
〔締〕缔 dì
〔編〕编 biān
〔緡〕缗 mín
〔緯〕纬 wěi
〔緣〕缘 yuán

16 畫

【一】

〔璣〕玑 jī
〔牆〕墙 qiáng
〔駱〕骆 luò
〔駭〕骇 hài
〔駢〕骈 pián

〔攔〕扡 kuǎi

〔擄〕掳 lǔ

〔擋〕挡 dǎng

〔擇〕择 zé

〔赬〕赪 chēng

〔撿〕捡 jiǎn

〔擔〕担

承～　　　 dān

～子　　　 dàn

〔壇〕坛 tán

〔擁〕拥 yōng

〔據〕据 jù

〔薔〕蔷 qiáng

〔薑〕姜 jiāng

〔薈〕荟 huì

〔薊〕蓟 jì

〔薦〕荐 jiàn

〔蕭〕萧 xiāo

〔頤〕颐 yí

〔鴣〕鸪 gū

〔薩〕萨 sà

〔蕷〕蓣 yù

〔橈〕桡 ráo

〔樹〕树 shù

〔樸〕朴 pǔ

〔橋〕桥 qiáo

〔機〕机 jī

〔輳〕辏 còu

〔輻〕辐 fú

〔輯〕辑 jí

〔輸〕输 shū

〔賴〕赖 lài

〔頭〕头 tóu

〔醖〕酝 yùn

〔醜〕丑 chǒu

〔勵〕励 lì

〔磧〕碛 qì

〔磚〕砖 zhuān

〔磣〕碜 chěn

〔歷〕历 lì

〔曆〕历 lì

〔奮〕奋 fèn

〔頰〕颊 jiā

〔殨〕㱮 huì

〔殫〕殚　dān
〔頸〕颈　jǐng

【丨】

〔頻〕频　pín
〔盧〕卢　lú
〔曉〕晓　xiǎo
〔瞞〕瞒　mán
〔縣〕县　xiàn
〔摳〕抠　kōu
〔瞜〕䁖　lōu
〔賵〕赗　fèng
〔鴨〕鸭　yā
〔閾〕阈　yù
〔閶〕阊　chāng
〔閿〕阌　wén
〔閽〕阍　hūn
〔閻〕阎　yán
〔閼〕阏　yān
〔曇〕昙　tán

〔噸〕吨　dūn
〔鴞〕鸮　xiāo
〔噦〕哕　yuě
〔踴〕踊　yǒng
〔螞〕蚂　mǎ
〔螄〕蛳　sī
〔噹〕当　dāng
〔駡〕骂　mà
〔憹〕哝　nóng
〔戰〕战　zhàn
〔噲〕哙　kuài
〔鴦〕鸯　yāng
〔噯〕嗳　ai
〔嘯〕啸　xiào
〔還〕还
～是　　hái
～原　　huán
〔嶧〕峄　yì
〔嶼〕屿　yǔ

【丿】

〔積〕积　jī

〔頹〕颓　tuí

〔穆〕穆　cǎn

〔篤〕笃　dǔ

〔築〕筑　zhù

〔篳〕筚　bì

〔篩〕筛　shāi

〔舉〕举　jǔ

〔興〕兴

　～奮　　xīng

　～趣　　xìng

〔嚳〕峃　xué

〔學〕学　xué

〔儔〕俦　chóu

〔憊〕惫　bèi

〔儕〕侪　chái

〔儐〕傧　bīn

〔儘〕尽　jǐn

〔駝〕驼　tuó

〔艙〕舱　cāng

〔錶〕表　biǎo

〔鍺〕锗　zhě

〔錯〕错　cuò

〔鍩〕锘　nuò

〔錨〕锚　máo

〔錛〕锛　bēn

〔錸〕铼　lái

〔錢〕钱　qián

〔鍀〕锝　dé

〔錁〕锞　kè

〔錕〕锟　kūn

〔鍆〕钔　mén

〔錫〕锡　xī

〔錮〕锢　gù

〔鋼〕钢　gāng

〔鍋〕锅　guō

〔錘〕锤　chuí

〔錐〕锥　zhuī

〔錦〕锦　jǐn

〔鍁〕锨　xiān

〔錇〕锫　péi

〔錠〕锭　dìng

〔鍵〕键　jiàn

〔錄〕录　lù

〔鋸〕锯 jù

〔錳〕锰 měng

〔錙〕锱 zī

〔覦〕觎 yú

〔墾〕垦 kěn

〔餞〕饯 jiàn

〔餜〕馃 guǒ

〔餛〕馄 hún

〔餡〕馅 xiàn

〔館〕馆 guǎn

〔頷〕颔 hàn

〔鴒〕鸰 líng

〔膩〕腻 nì

〔鴟〕鸱 chī

〔鲅〕鲅 bà

〔鲆〕鲆 píng

〔鮎〕鲇 nián

〔鮓〕鲊 zhǎ

〔穌〕稣 sū

〔鮒〕鲋 fù

〔鮣〕䲟 yìn

〔鮑〕鲍 bào

〔鲏〕鲏 pí

〔鲐〕鲐 tái

〔鴝〕鸲 qú

〔獲〕获 huò

〔穎〕颖 yǐng

〔獨〕独 dú

〔獫〕猃 xiǎn

〔獪〕狯 kuài

〔鴛〕鸳 yuān

【丶】

〔謀〕谋 móu

〔諶〕谌 chén

〔諜〕谍 dié

〔謊〕谎 huǎng

〔諫〕谏 jiàn

〔諧〕谐 xié

〔謔〕谑 xuè

〔謁〕谒 yè

〔謂〕谓 wèi

〔諤〕谔 è

〔諭〕谕 yù

〔諼〕谖 xuān

〔諷〕讽 fěng

〔諮〕谘 zī

〔諳〕谙 ān

〔諺〕谚 yàn

〔諦〕谛 dì

〔謎〕谜 mí

〔諢〕诨 hùn

〔諞〕谝 piǎn

〔諱〕讳 huì

〔諝〕谞 xū

〔憑〕凭 píng

〔廩〕邝 kuàng

〔瘻〕瘘 lòu

〔瘮〕瘆 shèn

〔親〕亲 qīn

〔辦〕办 bàn

〔龍〕龙 lóng

〔劑〕剂 jì

〔燒〕烧 shāo

〔燜〕焖 mèn

〔熾〕炽 chì

〔螢〕萤 yíng

〔營〕营 yíng

〔縈〕萦 yíng

〔燈〕灯 dēng

〔濛〕蒙 méng

〔燙〕烫 tàng

〔澠〕渑 miǎn

〔濃〕浓 nóng

〔澤〕泽 zé

〔濁〕浊 zhuó

〔澮〕浍 kuài

〔澱〕淀 diàn

〔澦〕滪 yù

〔懞〕蒙 méng

〔懌〕怿 yì

〔憶〕忆 yì

〔憲〕宪 xiàn

〔窺〕窥 kuī

〔窶〕窭 jù

〔窵〕窎 diào

〔褸〕褛 lǚ

〔禪〕禅

～师　　chán

～让　　shàn

【乛】

〔隱〕隐　　yǐn
〔嬙〕嫱　　qiáng
〔嬡〕嫒　　ài
〔縉〕缙　　jìn
〔縝〕缜　　zhěn
〔縛〕缚　　fù
〔縟〕缛　　rù
〔緻〕致　　zhì
〔縚〕绦　　tāo
〔縫〕缝

～补　　féng

～隙　　fèng

〔縐〕绉　　zhòu
〔縗〕缞　　cuī
〔縞〕缟　　gǎo
〔縭〕缡　　lí

〔縑〕缣　　jiān
〔縊〕缢　　yì

17 畫

【一】

〔穉〕楼　　lóu
〔環〕环　　huán
〔贅〕赘　　zhuì
〔瑷〕瑷　　ài
〔覯〕觏　　gòu
〔黿〕鼋　　yuán
〔幫〕帮　　bāng
〔騁〕骋　　chěng
〔駸〕骎　　qīn
〔駿〕骏　　jùn
〔趨〕趋　　qū
〔擱〕搁　　gē
〔擬〕拟　　nǐ
〔擴〕扩　　kuò

〔壙〕圹 kuàng

〔擠〕挤 jǐ

〔蟄〕蛰 zhé

〔縶〕絷 zhí

〔擲〕掷 zhì

〔擯〕摈 bìn

〔擰〕拧

～手巾 níng

～螺丝 nǐng

〔轂〕毂 gǔ

〔聲〕声 shēng

〔藉〕借 jiè

〔聰〕聪 cōng

〔聯〕联 lián

〔艱〕艰 jiān

〔藍〕蓝 lán

〔舊〕旧 jiù

〔薺〕荠

～菜 jì

荸～ qí

〔蓋〕荩 jìn

〔韓〕韩 hán

〔隸〕隶 lì

〔檉〕柽 chēng

〔檣〕樯 qiáng

〔檟〕槚 jiǎ

〔檔〕档 dàng

〔櫛〕栉 zhì

〔檢〕检 jiǎn

〔檜〕桧 guì

〔麯〕曲 qū

〔轅〕辕 yuán

〔轄〕辖 xiá

〔輾〕辗 zhǎn

〔擊〕击 jī

〔臨〕临 lín

〔磽〕硗 qiāo

〔壓〕压 yā

〔礄〕硚 qiáo

〔磯〕矶 jī

〔鵝〕鹅 ér

〔邇〕迩 ěr

〔尷〕尴 gān

〔鴷〕鴷 liè

〔殮〕殓　liàn

【丨】

〔齔〕龀　chèn
〔戲〕戏　xì
〔虧〕亏　kuī
〔斃〕毙　bì
〔瞭〕了　liǎo
〔顆〕颗　kē
〔購〕购　gòu
〔賻〕赙　fù
〔嬰〕婴　yīng
〔賺〕赚　zhuàn
〔嚇〕吓
恐～　　　hè
～人　　　xià
〔闌〕阑　lán
〔闃〕阒　qù
〔闆〕板　bǎn
〔闊〕阔　kuò
〔闈〕闱　wéi

〔闋〕阕　què
〔曖〕暖　ái
〔蹕〕跸　bì
〔蹌〕跄　qiàng
〔蟎〕螨　mǎn
〔螻〕蝼　lóu
〔蟈〕蝈　guō
〔雖〕虽　suī
〔嚀〕咛　níng
〔覬〕觊　jì
〔嶺〕岭　lǐng
〔嶸〕嵘　róng
〔點〕点　diǎn

【丿】

〔矯〕矫　jiǎo
〔鴰〕鸹　guā
〔簀〕箦　zé
〔簍〕篓　lǒu
〔輿〕舆　yú
〔歟〕欤　yú

〔鵂〕鸺　xiū

〔龜〕龟　guī

〔優〕优　yōu

〔償〕偿　cháng

〔儲〕储　chǔ

〔魎〕魉　liǎng

〔鵆〕鸻　héng

〔禦〕御　yù

〔聳〕耸　sǒng

〔鵃〕鸼　zhōu

〔鍥〕锲　qiè

〔鍇〕锴　kǎi

〔鍘〕铡　zhá

〔錫〕钖　yáng

〔鍶〕锶　sī

〔鍔〕锷　è

〔鍤〕锸　chā

〔鐘〕钟　zhōng

〔鍛〕锻　duàn

〔鎪〕锼　sōu

〔鍬〕锹　qiāo

〔鍰〕锾　huán

〔鎄〕锿　āi

〔鍍〕镀　dù

〔鎂〕镁　měi

〔鎡〕镃　zī

〔鎇〕镅　méi

〔懇〕恳　kěn

〔餷〕馇　chā

〔餳〕饧　xíng

〔餶〕馉　gǔ

〔餿〕馊　sōu

〔斂〕敛　liǎn

〔鴿〕鸽　gē

〔膿〕脓　nóng

〔臉〕脸　liǎn

〔膾〕脍　kuài

〔膽〕胆　dǎn

〔謄〕誊　téng

〔鮭〕鲑　guī

〔鮚〕鲒　jié

〔鮪〕鲔　wěi

〔鮦〕鲖　tóng

〔鮫〕鲛　jiāo

〔鮮〕鲜　xiān
〔颶〕飓　jù
〔獷〕犷　guǎng
〔獰〕狞　níng

【丶】

〔講〕讲　jiǎng
〔謨〕谟　mó
〔謖〕谡　sù
〔謝〕谢　xiè
〔謠〕谣　yáo
〔謅〕诌　zhōu
〔謗〕谤　bàng
〔謚〕谥　shì
〔謙〕谦　qiān
〔謐〕谧　mì
〔褻〕亵　xiè
〔氈〕毡　zhān
〔應〕应
～当　　　yīng
～用　　　yìng

〔癘〕疠　lì
〔療〕疗　liáo
〔癇〕痫　xián
〔癉〕瘅　dàn
〔癆〕痨　láo
〔鵁〕鹪　jiāo
〔齋〕斋　zhāi
〔鮺〕鲝　zhǎ
〔鮝〕鲞　xiǎng
〔糞〕粪　fèn
〔糝〕糁　sǎn
〔燦〕灿　càn
〔燭〕烛　zhú
〔燴〕烩　huì
〔鴻〕鸿　hóng
〔濤〕涛　tāo
〔濫〕滥　làn
〔濕〕湿　shī
〔濟〕济
～南　　　jǐ
经～　　　jì
〔濱〕滨　bīn

〔濘〕泞 nìng

〔濜〕浕 jìn

〔澀〕涩 sè

〔濰〕潍 wéi

〔懨〕恹 yān

〔賽〕赛 sài

〔襇〕裥 jiǎn

〔襀〕裢 kuì

〔襖〕袄 ǎo

〔禮〕礼 lǐ

【乛】

〔履〕屦 jù

〔彌〕弥 mí

〔嬪〕嫔 pín

〔績〕绩 jì

〔縹〕缥 piāo

〔縷〕缕 lǚ

〔縵〕缦 màn

〔縲〕缧 léi

〔總〕总 zǒng

〔縱〕纵 zòng

〔縴〕纤 qiàn

〔縮〕缩 suō

〔繆〕缪

姓～ miào

纰～ miù

绸～ móu

〔繅〕缫 sāo

〔嚮〕向 xiàng

18 畫

【一】

〔耮〕耢 lào

〔闃〕阒 xì

〔瓊〕琼 qióng

〔攆〕撵 niǎn

〔鬆〕松 sōng

〔翹〕翘

～首 qiáo

〜尾巴	qiào	〔藥〕药	yào
〔擷〕撷	xié	〔藭〕芎	qióng
〔擾〕扰	rǎo	〔賾〕赜	zé
〔騏〕骐	qí	〔蘊〕蕴	yùn
〔騎〕骑	qí	〔檯〕台	tái
〔騍〕骒	kè	〔櫃〕柜	guì
〔騅〕骓	zhuī	〔檻〕槛	
〔攄〕摅	shū	〜车	jiàn
〔撒〕撒	sǒu	门〜	kǎn
〔鼕〕冬	dōng	〔櫚〕榈	lú
〔擺〕摆	bǎi	〔檳〕槟	
〔贅〕赘	zhì	香〜	bīn
〔燾〕焘	tāo	〜榔	bīng
〔聶〕聂	niè	〔檸〕柠	níng
〔聵〕聩	kuì	〔鵓〕鹁	bó
〔職〕职	zhí	〔轉〕转	
〔藝〕艺	yí	〜变	zhuǎn
〔覲〕觐	jìn	〜动	zhuàn
〔鞦〕秋	qiū	〔轆〕辘	lù
〔藪〕薮	sǒu	〔醫〕医	yī
〔薑〕蛋	chài	〔礎〕础	chǔ
〔繭〕茧	jiǎn	〔殯〕殡	bìn

〔霧〕雾　wù

【｜】

〔豐〕丰　fēng
〔覷〕觑　qù
〔懟〕怼　duì
〔叢〕丛　cóng
〔矇〕蒙　méng
〔題〕题　tí
〔韙〕韪　wěi
〔瞼〕睑　jiǎn
〔闖〕闯　chuǎng
〔闔〕阖　hé
〔闐〕阗　tián
〔闓〕闿　kǎi
〔闕〕阙　què
〔顒〕颙　yóng
〔曠〕旷　kuàng
〔蹣〕蹒　pán
〔囓〕啮　niè
〔壘〕垒　lěi

〔蟯〕蛲　náo
〔蟲〕虫　chóng
〔蟬〕蝉　chán
〔蟣〕虮　jǐ
〔鵑〕鹃　juān
〔嚕〕噜　lū
〔顓〕颛　zhuān

【丿】

〔鵠〕鹄　hú
〔鵝〕鹅　é
〔獲〕获　huò
〔穡〕穑　sè
〔穢〕秽　huì
〔簡〕简　jiǎn
〔簣〕篑　kuì
〔簞〕箪　dān
〔雙〕双　shuāng
〔軀〕躯　qū
〔邊〕边　biān
〔歸〕归　guī

〔鏵〕铧 huá

〔鎮〕镇 zhèn

〔鏈〕链 liàn

〔鎘〕镉 gé

〔鎖〕锁 suǒ

〔鎧〕铠 kǎi

〔鐫〕镌 juān

〔鎳〕镍 niè

〔鎢〕钨 wū

〔鏰〕铩 shā

〔鎿〕镎 ná

〔鎦〕镏 liú

〔鎬〕镐 gǎo

〔鎊〕镑 bàng

〔鎰〕镒 yì

〔鎵〕镓 jiā

〔鎨〕镡 shàn

〔鶴〕鹆 yù

〔饃〕馍 mó

〔餺〕馎 bó

〔餼〕饩 xì

〔餾〕馏 liú

〔饈〕馐 xiū

〔臍〕脐 qí

〔鯁〕鲠 gěng

〔鯉〕鲤 lǐ

〔鯀〕鲧 gǔn

〔鯇〕鲩 huàn

〔鯽〕鲫 jì

〔颸〕飔 sī

〔颼〕飕 sōu

〔觴〕觞 shāng

〔獵〕猎 liè

〔雛〕雏 chú

〔臏〕膑 bìn

【丶】

〔謹〕谨 jǐn

〔謳〕讴 ōu

〔謾〕谩 màn

〔謫〕谪 zhé

〔謭〕谫 jiǎn

〔謬〕谬 miù

〔癤〕疖 jiē

〔雜〕杂 zá

〔離〕离 lí

〔顏〕颜 yán

〔糧〕粮 liáng

〔燼〕烬 jìn

〔鵜〕鹈 tí

〔瀆〕渎 dú

〔懑〕懑 mèn

〔濾〕滤 lǜ

〔鯊〕鲨 shā

〔濺〕溅 jiàn

〔瀏〕浏 liú

〔濼〕泺 luò

〔瀉〕泻 xiè

〔瀋〕沈 shěn

〔竄〕窜 cuàn

〔竅〕窍 qiào

〔額〕额 é

〔禰〕祢 mí

〔襠〕裆 dāng

〔襝〕裣 liǎn

〔禱〕祷 dǎo

【乛】

〔醬〕酱 jiàng

〔韞〕韫 yùn

〔隴〕陇 lǒng

〔嬸〕婶 shěn

〔繞〕绕 rào

〔繚〕缭 liáo

〔織〕织 zhī

〔繕〕缮 shàn

〔繒〕缯 zēng

〔斷〕断 duàn

19畫

【一】

〔鶓〕鹋 wǔ

〔鶄〕鹢 jīng

〔鬍〕胡 hú

〔騙〕骗 piàn

〔騷〕骚 sāo

〔壢〕坜 lì

〔壚〕垆 lú

〔壞〕坏 huài

〔攏〕拢 lǒng

〔擇〕荛 tuò

〔難〕难

～道　　　nán

～民　　　nàn

〔鵲〕鹊 què

〔藶〕苈 lì

〔蘋〕苹 píng

〔蘆〕芦 lú

〔鶓〕鹋 miáo

〔藺〕蔺 lìn

〔蕫〕薴 dǔn

〔蘄〕蕲 qí

〔勸〕劝 quàn

〔蘇〕苏 sū

〔藹〕蔼 ǎi

〔蘢〕茏 lóng

〔顛〕颠 diān

〔櫝〕椟 dú

〔櫟〕栎 lì

〔櫓〕橹 lǔ

〔櫧〕槠 zhū

〔櫞〕橼 yuán

〔轎〕轿 jiào

〔鏨〕錾 zàn

〔轍〕辙 zhé

〔轔〕辚 lín

〔繫〕系

维～　　　xì

～鞋带　　jì

〔鶇〕鸫 dōng

〔麗〕丽 lì

〔魘〕魇 yǎn

〔礪〕砺 lì

〔礙〕碍 ài

〔礦〕矿 kuàng

〔贋〕赝 yàn

〔願〕愿 yuàn

〔鵪〕鹌　ān
〔璽〕玺　xǐ
〔豶〕豮　fén

【｜】

〔贈〕赠　zèng
〔闞〕阚　hǎn
〔關〕关　guān
〔嚦〕呖　lì
〔疇〕畴　chóu
〔蹺〕跷　qiāo
〔蟶〕蛏　chēng
〔蠅〕蝇　yíng
〔蟻〕蚁　yǐ
〔嚴〕严　yán
〔獸〕兽　shòu
〔嚨〕咙　lóng
〔羆〕罴　pí
〔羅〕罗　luó

【丿】

〔氌〕氇　lu
〔犢〕犊　dú
〔贊〕赞　zàn
〔穩〕稳　wěn
〔簽〕签　qiān
〔簾〕帘　lián
〔簫〕箫　xiāo
〔牘〕牍　dú
〔懲〕惩　chéng
〔鐯〕锗　zhuō
〔鏗〕铿　kēng
〔鏢〕镖　biāo
〔鏜〕镗　tāng
〔鏤〕镂　lòu
〔鏝〕镘　màn
〔鏰〕镚　bèng
〔鏞〕镛　yōng
〔鏡〕镜　jìng
〔鏟〕铲　chǎn
〔鏑〕镝　dī
〔鏃〕镞　zú
〔鏇〕旋　xuàn

〔鏘〕锵　qiāng
〔辭〕辞　cí
〔饉〕馑　jǐn
〔饅〕馒　mán
〔鵬〕鹏　péng
〔臘〕腊　là
〔鯖〕鲭　qīng
〔鯪〕鲮　líng
〔鯫〕鲰　zōu
〔鯡〕鲱　fēi
〔鯤〕鲲　hūn
〔鯧〕鲳　chāng
〔鯢〕鲵　ní
〔鯰〕鲶　nián
〔鯛〕鲷　diāo
〔鯨〕鲸　jīng
〔鯔〕鲻　zī
〔獺〕獭　tǎ
〔鵮〕鹐　qiān
〔颸〕飔　liú

【丶】

〔譚〕谭　tán
〔譖〕谮　zèn
〔譙〕谯　qiáo
〔識〕识　shí
〔譜〕谱　pǔ
〔證〕证　zhèng
〔譎〕谲　jué
〔譏〕讥　jī
〔鶉〕鹑　chún
〔廬〕庐　lú
〔瘪〕瘪　biě
〔癢〕痒　yǎng
〔龐〕庞　páng
〔壟〕垄　lǒng
〔鶊〕鹒　gēng
〔類〕类　lèi
〔爍〕烁　shuò
〔瀟〕潇　xiāo
〔瀨〕濑　lài
〔瀝〕沥　lì
〔瀕〕濒　bīn
〔瀘〕泸　lú

〔瀧〕泷 shuāng
〔懶〕懒 lǎn
〔懷〕怀 huái
〔寵〕宠 chǒng
〔襪〕袜 wà
〔襤〕褴 lán

【乛】

〔韜〕韬 tāo
〔騺〕骘 zhì
〔鶩〕鹜 wù
〔纇〕颡 sǎng
〔繮〕缰 jiāng
〔繩〕绳 shéng
〔繾〕缱 qiǎn
〔繰〕缲 qiāo
〔繹〕绎 yì
〔繯〕缳 huán
〔繳〕缴 jiǎo
〔繪〕绘 huì

20畫

【一】

〔瓏〕珑 lóng
〔鰲〕鳌 áo
〔驊〕骅 huá
〔騮〕骝 liú
〔騶〕驺 zōu
〔騸〕骟 shàn
〔攖〕撄 yīng
〔攔〕拦 lán
〔攙〕搀 chān
〔聹〕聍 níng
〔顢〕颟 mān
〔驀〕蓦 mò
〔蘭〕兰 lán
〔蘞〕蔹 liǎn
〔蘚〕藓 xiǎn
〔鶘〕鹕 hú
〔飄〕飘 piāo

〔櫪〕枥 lì

〔櫨〕栌 lú

〔櫸〕榉 jǔ

〔礬〕矾 fán

〔麵〕面 miàn

〔櫬〕榇 chèn

〔櫳〕栊 lóng

〔礫〕砾 lì

【｜】

〔鹹〕咸 xián

〔齹〕齹 cuó

〔齟〕龃 jǔ

〔齡〕龄 líng

〔齣〕出 chū

〔齙〕龅 bāo

〔齠〕龆 tiáo

〔獻〕献 xiàn

〔黨〕党 dǎng

〔懸〕悬 xuán

〔鶪〕䴗 jú

〔罌〕罂 yīng

〔贍〕赡 shàn

〔闥〕闼 tà

〔闡〕阐 chǎn

〔鶡〕鹖 hé

〔曨〕昽 lóng

〔蠣〕蛎 lì

〔蠐〕蛴 qí

〔蠑〕蝾 róng

〔嚶〕嘤 yīng

〔鶚〕鹗 è

〔髏〕髅 lóu

〔鶻〕鹘 gǔ

【丿】

〔犧〕牺 xī

〔鶖〕鹙 qiū

〔籌〕筹 chóu

〔籃〕篮 lán

〔譽〕誉 yù

〔覺〕觉

睡～　　　　jiào

～醒　　　　jué

〔礐〕㟥　　kù

〔幭〕蔑　　miè

〔艦〕舰　　jiàn

〔鐃〕铙　　náo

〔鐝〕镢　　jué

〔鐐〕镣　　liào

〔鏷〕镤　　pú

〔鐦〕锎　　kāi

〔鐧〕锏　　jiǎn

〔鐓〕镦　　dūn

〔鐘〕钟　　zhōng

〔鐥〕镨　　shàn

〔鐠〕镨　　pǔ

〔鐒〕铹　　láo

〔鏹〕锖　　qiǎng

〔鐨〕镄　　fèi

〔鐙〕镫　　dèng

〔鏺〕䥽　　pō

〔釋〕释　　shì

〔饒〕饶　　ráo

〔饊〕馓　　sǎn

〔饋〕馈　　kuì

〔饌〕馔　　zhuàn

〔飢〕饥　　jī

〔臚〕胪　　lú

〔朧〕胧　　lóng

〔騰〕腾　　téng

〔鰆〕鰆　　chūn

〔鰈〕鲽　　dié

〔鰂〕鲗　　zéi

〔鰛〕鳁　　wēn

〔鰓〕鳃　　sāi

〔鰐〕鳄　　è

〔鰍〕鳅　　qiū

〔鰒〕鳆　　fù

〔鰉〕鳇　　huáng

〔鰌〕鳅　　qiū

〔鯿〕鳊　　biān

〔獼〕猕　　mí

〔觸〕触　　chù

【丶】

〔護〕护 hù
〔譴〕谴 qiǎn
〔譯〕译 yì
〔譫〕谵 zhān
〔議〕议 yì
〔癥〕症 zhèng
〔辯〕辩 biàn
〔龑〕龑 yǎn
〔競〕竞 jìng
〔贏〕赢 yíng
〔櫪〕枥 lì
〔團〕团 tuán
〔鶿〕鹚 cí
〔爐〕炉 lú
〔瀾〕澜 lán
〔瀲〕潋 liàn
〔彌〕弥 mí
〔懺〕忏 chàn
〔寶〕宝 bǎo
〔騫〕骞 qiān
〔竇〕窦 dòu
〔擺〕摆 bǎi

【丶】

〔鶥〕鹛 méi
〔鶩〕鹜 wù
〔纊〕纩 kuàng
〔繽〕缤 bīn
〔繼〕继 jì
〔饗〕飨 xiǎng
〔響〕响 xiǎng

21畫

【一】

〔耰〕耰 bà
〔瓔〕璎 yīng
〔鰲〕鳌 áo
〔攝〕摄 shè
〔騾〕骡 luó
〔驅〕驱 qū
〔驃〕骠

黄～马　　　　biāo
～勇　　　　　piào
〔驄〕骢　cōng
〔驂〕骖　cān
〔攖〕扟　sǒng
〔攛〕撺　cuān
〔韃〕鞑　dá
〔韉〕鞒　qiáo
〔歡〕欢　huān
〔權〕权　quán
〔櫻〕樱　yīng
〔欄〕栏　lán
〔轟〕轰　hōng
〔覽〕览　lǎn
〔酈〕郦　lì
〔飆〕飙　biāo
〔殲〕歼　jiān

【丨】

〔齜〕龇　zī
〔齦〕龈　yín

〔齪〕龉　yú
〔贐〕赆　jìn
〔囁〕嗫　niè
〔囈〕呓　yì
〔闢〕辟　pì
〔囀〕啭　zhuàn
〔顥〕颢　hào
〔躊〕踌　chóu
〔躋〕跻　jī
〔躑〕踯　zhí
〔躍〕跃　yuè
〔纍〕累　lěi
〔蠟〕蜡　là
〔囂〕嚣　xiāo
〔巋〕岿　kuī
〔髒〕脏　zāng

【丿】

〔儺〕傩　nuó
〔儷〕俪　lì
〔儼〕俨　yǎn

〔鵬〕鹏　tī

〔鐵〕铁　tiě

〔鑊〕镬　huò

〔鐳〕镭　léi

〔鐺〕铛

饼～　　chēng

～～声　dāng

〔鐸〕铎　duó

〔鐶〕镮　huán

〔鐲〕镯　zhuó

〔鐮〕镰　lián

〔鐿〕镱　yì

〔鶺〕鹡　jí

〔鷂〕鹞　yào

〔鷄〕鸡　jī

〔鶬〕鸧　cāng

〔臟〕脏　zàng

〔䲢〕䲢　téng

〔鰭〕鳍　qí

〔鰱〕鲢　lián

〔鰣〕鲥　shí

〔鰨〕鳎　tǎ

〔鰥〕鳏　guān

〔鰷〕鲦　tiáo

〔鰟〕鳑　páng

〔鰜〕鳒　jiān

【丶】

〔癩〕癞　lài

〔癘〕疠　lì

〔癮〕瘾　yǐn

〔斕〕斓　lán

〔辯〕辩　biàn

〔礱〕砻　lóng

〔鶼〕鹣　jiān

〔爛〕烂　làn

〔鶯〕莺　yīng

〔灄〕滠　shè

〔灃〕沣　fēng

〔灕〕漓　lí

〔懾〕慑　shè

〔懼〕惧　jù

〔竈〕灶　zào

〔顧〕顾　gù
〔襯〕衬　chèn
〔鶴〕鹤　hè

【乛】

〔屬〕属　shǔ
〔纈〕缬　xié
〔續〕续　xù
〔纏〕缠　chán

22畫

【一】

〔鬚〕须　xū
〔驍〕骁　xiāo
〔驕〕骄　jiāo
〔攤〕摊　tān
〔覿〕觌　dí
〔攢〕攒

～动　　　cuán
～钱　　　zǎn
〔鷙〕鸷　zhì
〔聽〕听　tīng
〔蘿〕萝　luó
〔驚〕惊　jīng
〔轢〕轹　lì
〔鷗〕鸥　ōu
〔鑒〕鉴　jiàn
〔邐〕逦　lǐ
〔鷖〕鹥　yī
〔霽〕霁　jì

【丨】

〔齬〕龉　yǔ
〔齪〕龊　chuò
〔鱉〕鳖　biē
〔贖〕赎　shú
〔躚〕跹　xiān
〔躓〕踬　zhì
〔蠨〕蟏　xiāo

〔嫲〕苏　sū
〔囉〕啰　luō
〔嘓〕喊　hǎn
〔幝〕辗　chǎn
〔巓〕巅　diān
〔邏〕逻　luó
〔體〕体　tǐ

【丿】

〔罎〕坛　tán
〔攡〕擆　tuò
〔籟〕籁　lài
〔籙〕箓　lù
〔籠〕笼

～子　　　lóng
～罩　　　lǒng
〔鰵〕鳘　mǐn
〔儻〕傥　tǎng
〔艫〕舻　lú
〔鑄〕铸　zhù
〔鑌〕镔　bīn

〔鑔〕镲　chǎ
〔龕〕龛　kān
〔糴〕籴　dí
〔鰳〕鳓　lè
〔鰹〕鲣　jiān
〔鰾〕鳔　biào
〔鱈〕鳕　xuě
〔鰻〕鳗　mán
〔鱅〕鳙　yōng
〔鰼〕鳛　xí
〔玀〕猡　luó

【丶】

〔讀〕读　dú
〔讅〕谉　shěn
〔孌〕孪　luán
〔彎〕弯　wān
〔攣〕孪　luán
〔變〕变　luán
〔顫〕颤

～抖　　　chàn

〜粟　　　　zhàn

〔鷓〕鷓　　zhè

〔癭〕瘿　　yǐng

〔癬〕癣　　xuǎn

〔聾〕聋　　lóng

〔龔〕龚　　gōng

〔襲〕袭　　xí

〔灘〕滩　　tān

〔灑〕洒　　sǎ

〔竊〕窃　　qiè

【　乛　】

〔鷚〕鹨　　liù

〔轡〕辔　　pèi

23 畫

【　一　】

〔瓚〕瓒　　zàn

〔驛〕驿　　yì

〔驗〕验　　yàn

〔攪〕搅　　jiǎo

〔欏〕椤　　luó

〔轤〕轳　　lú

〔靨〕靥　　yè

〔魘〕魇　　yǎn

〔饜〕餍　　yàn

〔鷯〕鹩　　liáo

〔鷊〕逮　　dài

〔顬〕颥　　rú

【　丨　】

〔曬〕晒　　shài

〔鷴〕鹇　　xián

〔顯〕显　　xiǎn

〔蠱〕蛊　　gǔ

〔髖〕髋　　kuān

〔髕〕髌　　bìn

【　丿　】

〔籤〕签 qiān

〔儔〕俦 chóu

〔鷦〕鹪 jiāo

〔黴〕霉 méi

〔鑠〕铄 shuò

〔鑕〕锧 zhì

〔鐕〕镥 lǔ

〔鑣〕镳 biāo

〔鑞〕镴 là

〔臢〕臜 zā

〔鱖〕鳜 guì

〔鱔〕鳝 shàn

〔鱗〕鳞 lín

〔鱒〕鳟 zūn

〔鱘〕鲟 xún

【丶】

〔讌〕䜩 yàn

〔欒〕栾 luán

〔攣〕挛 luán

〔變〕变 biàn

〔戀〕恋 liàn

〔鷲〕鹫 jiù

〔癰〕痈 yōng

〔齏〕齑 jī

〔讋〕詟 zhé

【乛】

〔鷸〕鹬 yù

〔纓〕缨 yīng

〔纖〕纤 xiān

〔纔〕才 cái

〔鷥〕鸶 sī

24 畫

【一】

〔鬢〕鬓 bìn

〔攬〕揽 lǎn

〔驟〕骤 zhòu

〔壩〕坝 bà
〔韆〕千 qiān
〔觀〕观 guān
〔鹽〕盐 yán
〔釀〕酿 niàng
〔靂〕雳 lì
〔靈〕灵 líng
〔靄〕霭 ǎi
〔蠶〕蚕 cái

【丨】

〔艷〕艳 yàn
〔顰〕颦 pín
〔齲〕龋 qǔ
〔齷〕龌 wò
〔鹼〕硷 jiǎn
〔臟〕脏 zāng
〔鷺〕鹭 lù
〔囑〕嘱 zhǔ
〔羈〕羁 jī

【丿】

〔籩〕笾 biān
〔籬〕篱 lí
〔籪〕簖 duàn
〔鱟〕鲎 hóng
〔鱟〕鲎 hòu
〔鱧〕鳢 lǐ
〔鱠〕鲙 kuài
〔鱣〕鳣 zhān

【丶】

〔讕〕谰 lán
〔讖〕谶 chèn
〔讒〕谗 chán
〔讓〕让 ràng
〔鸇〕鹯 zhān
〔鷹〕鹰 yīng
〔癱〕瘫 tān
〔癲〕癫 diān
〔贛〕赣 gàn

〔灝〕灏 hào

【乛】

〔鷿〕鸊 pì

25 畫

【一】

〔韉〕鞯 jiān
〔欖〕榄 lǎn
〔靉〕叆 ài

【丨】

〔顱〕颅 lú
〔躡〕蹑 niè
〔躥〕蹿 cuān
〔鼉〕鼍 tuó

【丿】

〔籮〕箩 luó
〔鑭〕镧 lán
〔鑰〕钥 yào
〔鑲〕镶 xiāng
〔饞〕馋 chán
〔鱨〕鲿 cháng
〔鱭〕鲚 jì

【丶】

〔蠻〕蛮 mán
〔臠〕脔 luán
〔廳〕厅 tīng
〔灣〕湾 wān

【乛】

〔糶〕粜 tiào
〔纘〕缵 zuǎn

26 畫

【一】

〔驥〕骥　jì
〔驢〕驴　lú
〔趲〕趱　zǎn
〔顴〕颧　quán
〔鼴〕鼹　yǎn
〔釃〕酾　shāi
〔釅〕酽　yàn

【｜】

〔矚〕瞩　zhǔ
〔躪〕躏　lìn
〔躦〕躜　zuān

【丿】

〔釁〕衅　xìn

〔鑷〕镊　niè
〔鑹〕镩　cuān

【丶】

〔灤〕滦　luán

27 畫

【一】

〔鬮〕阄　jiū
〔驤〕骧　xiāng
〔顳〕颞　niè

【｜】

〔鸕〕鸬　lú
〔黷〕黩　dú

【丿】

〔鑼〕锣 luó
〔鑽〕钻
～研　　zuān
～石　　zuàn
〔鱸〕鲈 lú

【丶】

〔讞〕谳 yàn
〔讜〕谠 dǎng
〔欒〕銮 luán
〔灩〕滟 yàn

【乛】

〔纜〕缆 lǎn

28 畫

〔鸛〕鹳 guàn
〔欞〕棂 líng
〔鑿〕凿 záo

〔鸚〕鹦 yīng
〔鏜〕镗 tǎng
〔钁〕镢 jué
〔戇〕戆 zhuàng

29 畫

〔驪〕骊 lí
〔鬱〕郁 yù

30 畫

〔鸝〕鹂 lí
〔饢〕馕 náng
〔鱺〕鲡 lí
〔鸞〕鸾 luán

32 畫

〔籲〕吁 yù

附錄一　簡化字總表

第一表　不作簡化偏旁用的簡化字

本表共收簡化字 350 個，按讀音的拼音字母順序排列。本表的簡化字都不得作簡化偏旁使用。

A

碍〔礙〕
肮〔骯〕
袄〔襖〕

B

坝〔壩〕
板〔闆〕
办〔辦〕
帮〔幫〕
宝〔寶〕
报〔報〕
币〔幣〕
毙〔斃〕
标〔標〕
表〔錶〕
别〔彆〕
卜〔蔔〕
补〔補〕

C

才〔纔〕
蚕〔蠶〕①
灿〔燦〕
层〔層〕
搀〔攙〕
谗〔讒〕
馋〔饞〕
缠〔纏〕②
忏〔懺〕
偿〔償〕
厂〔廠〕
彻〔徹〕
尘〔塵〕
衬〔襯〕
称〔稱〕
惩〔懲〕
迟〔遲〕
冲〔衝〕
丑〔醜〕
出〔齣〕

础〔礎〕
处〔處〕
触〔觸〕
辞〔辭〕
聪〔聰〕
丛〔叢〕

D

担〔擔〕
胆〔膽〕
导〔導〕
灯〔燈〕
邓〔鄧〕
敌〔敵〕
籴〔糴〕
递〔遞〕
点〔點〕
淀〔澱〕
电〔電〕
冬〔鼕〕
斗〔鬥〕

独〔獨〕

吨〔噸〕

夺〔奪〕

堕〔墮〕

E

儿〔兒〕

F

矾〔礬〕

范〔範〕

飞〔飛〕

坟〔墳〕

奋〔奮〕

粪〔糞〕

凤〔鳳〕

肤〔膚〕

妇〔婦〕

复〔復〕

〔複〕

G

盖〔蓋〕

干〔乾〕③

〔幹〕

赶〔趕〕

个〔個〕

巩〔鞏〕

沟〔溝〕

构〔構〕

购〔購〕

谷〔穀〕

顾〔顧〕

刮〔颳〕

关〔關〕

观〔觀〕

柜〔櫃〕

H

汉〔漢〕

号〔號〕

合〔閤〕

轰〔轟〕

后〔後〕

胡〔鬍〕

壶〔壺〕

沪〔滬〕

护〔護〕

划〔劃〕

怀〔懷〕

坏〔壞〕④

欢〔歡〕

环〔環〕

还〔還〕

回〔迴〕

伙〔夥〕⑤

〔穫〕

J

击〔擊〕

鸡〔鷄〕

积〔積〕　　借〔藉〕⑦　　腊〔臘〕

极〔極〕　　仅〔僅〕　　蜡〔蠟〕

际〔際〕　　惊〔驚〕　　兰〔蘭〕

继〔繼〕　　竞〔競〕　　拦〔攔〕

家〔傢〕　　旧〔舊〕　　栏〔欄〕

价〔價〕　　剧〔劇〕　　烂〔爛〕

艰〔艱〕　　据〔據〕　　累〔纍〕

歼〔殲〕　　惧〔懼〕　　垒〔壘〕

茧〔繭〕　　卷〔捲〕　　类〔類〕⑧

拣〔揀〕　　　　　　　　里〔裏〕

硷〔鹼〕　　　　K　　　礼〔禮〕

舰〔艦〕　　　　　　　　隶〔隸〕

姜〔薑〕　　开〔開〕　　帘〔簾〕

浆〔漿〕⑥　　克〔剋〕　　联〔聯〕

桨〔槳〕　　垦〔墾〕　　怜〔憐〕

奖〔獎〕　　恳〔懇〕　　炼〔煉〕

讲〔講〕　　夸〔誇〕　　练〔練〕

酱〔醬〕　　块〔塊〕　　粮〔糧〕

胶〔膠〕　　亏〔虧〕　　疗〔療〕

阶〔階〕　　困〔睏〕　　辽〔遼〕

疖〔癤〕　　　　　　　　了〔瞭〕⑨

洁〔潔〕　　　　L　　　猎〔獵〕

临〔臨〕⑩　　亩〔畝〕　　　启〔啓〕

邻〔鄰〕　　　　　　　　　签〔籤〕

岭〔嶺〕⑪　　**N**　　　千〔韆〕

庐〔廬〕　　　　　　　　　牵〔牽〕

芦〔蘆〕　　　恼〔惱〕　　纤〔縴〕

炉〔爐〕　　　脑〔腦〕　　　〔纖〕⑭

陆〔陸〕　　　拟〔擬〕　　窍〔竅〕

驴〔驢〕　　　酿〔釀〕　　窃〔竊〕

乱〔亂〕　　　疟〔瘧〕　　寝〔寢〕

　　　　　　　　　　　　庆〔慶〕⑮

M　　　**P**　　　琼〔瓊〕

　　　　　　　　　　　　秋〔鞦〕

么〔麽〕⑫　　盘〔盤〕　　曲〔麴〕

霉〔黴〕　　　辟〔闢〕　　权〔權〕

蒙〔矇〕　　　苹〔蘋〕　　劝〔勸〕

　〔濛〕　　　凭〔憑〕　　确〔確〕

　〔懞〕　　　扑〔撲〕

梦〔夢〕　　　仆〔僕〕⑬　　**R**

面〔麵〕　　　朴〔樸〕

庙〔廟〕　　　　　　　　　让〔讓〕

灭〔滅〕　　　**Q**　　　扰〔擾〕

蔑〔衊〕　　　　　　　　　热〔熱〕

认〔認〕

S

洒〔灑〕
伞〔傘〕
丧〔喪〕
扫〔掃〕
涩〔澀〕
晒〔曬〕
伤〔傷〕
舍〔捨〕
沈〔瀋〕
声〔聲〕
胜〔勝〕
湿〔濕〕
实〔實〕
适〔適〕⑯
势〔勢〕
兽〔獸〕
书〔書〕
术〔術〕⑰

树〔樹〕
帅〔帥〕
松〔鬆〕
苏〔蘇〕
〔囌〕
虽〔雖〕
随〔隨〕

T

台〔臺〕
〔檯〕
〔颱〕
态〔態〕
坛〔壇〕
〔罎〕
叹〔嘆〕
誊〔謄〕
体〔體〕
粜〔糶〕
铁〔鐵〕
听〔聽〕

厅〔廳〕⑱
头〔頭〕
图〔圖〕
涂〔塗〕
团〔團〕
〔糰〕
椭〔橢〕

W

洼〔窪〕
袜〔襪〕⑲
网〔網〕
卫〔衛〕
稳〔穩〕
务〔務〕
雾〔霧〕

X

牺〔犧〕
习〔習〕

系〔係〕
　〔繫〕⑳
戏〔戲〕
虾〔蝦〕
吓〔嚇〕㉑
咸〔鹹〕
显〔顯〕
宪〔憲〕
县〔縣〕㉒
响〔響〕
向〔嚮〕
协〔協〕
胁〔脅〕
亵〔褻〕
衅〔釁〕
兴〔興〕
须〔鬚〕
悬〔懸〕
选〔選〕
旋〔鏇〕

Y

压〔壓〕㉓
盐〔鹽〕
阳〔陽〕
养〔養〕
痒〔癢〕
样〔樣〕
钥〔鑰〕
药〔藥〕
爷〔爺〕
叶〔葉〕㉔
医〔醫〕
亿〔億〕
忆〔憶〕
应〔應〕
痈〔癰〕
拥〔擁〕
佣〔傭〕
踊〔踴〕
忧〔憂〕
优〔優〕
邮〔郵〕
余〔餘〕㉕

御〔禦〕
吁〔籲〕㉖
郁〔鬱〕
誉〔譽〕
渊〔淵〕
园〔園〕
远〔遠〕
愿〔願〕
跃〔躍〕
运〔運〕
酝〔醞〕

Z

杂〔雜〕
赃〔贓〕
脏〔臟〕
　〔髒〕
凿〔鑿〕
枣〔棗〕
灶〔竈〕
斋〔齋〕

毡〔氈〕
战〔戰〕
赵〔趙〕
折〔摺〕㉗
这〔這〕
征〔徵〕㉘
症〔癥〕
证〔證〕
只〔隻〕
　〔祇〕
致〔緻〕
制〔製〕
钟〔鐘〕
　〔鍾〕
肿〔腫〕
种〔種〕
众〔衆〕
昼〔晝〕
朱〔硃〕
烛〔燭〕
筑〔築〕
庄〔莊〕㉙

桩〔樁〕
妆〔妝〕
装〔裝〕
壮〔壯〕
状〔狀〕
准〔準〕
浊〔濁〕
总〔總〕
钻〔鑽〕

第二表
可作簡化偏旁用的簡化字和簡化偏旁

本表共收簡化字 132 個和簡化偏旁 14 個。簡化
字按讀音的拼音字母順序排列，簡化偏旁按筆數
排列。

A	齿〔齒〕	尔〔爾〕
	虫〔蟲〕	
爱〔愛〕	刍〔芻〕	F
	从〔從〕	
B	审〔審〕	发〔發〕
		〔髮〕
罢〔罷〕	D	丰〔豐〕㉜
备〔備〕		风〔風〕
贝〔貝〕	达〔達〕	
笔〔筆〕	带〔帶〕	G
毕〔畢〕	单〔單〕	
边〔邊〕	当〔當〕	冈〔岡〕
宾〔賓〕	〔噹〕	广〔廣〕
	党〔黨〕	归〔歸〕
C	东〔東〕	龟〔龜〕
	动〔動〕	国〔國〕
参〔參〕	断〔斷〕	过〔過〕
仓〔倉〕	对〔對〕	
产〔產〕	队〔隊〕	H
长〔長〕㉚		
尝〔嘗〕㉛	E	华〔華〕
车〔車〕		画〔畫〕

汇〔匯〕
　〔彙〕
会〔會〕

J

几〔幾〕
夹〔夾〕
戋〔戔〕
监〔監〕
见〔見〕
荐〔薦〕
将〔將〕㉝
节〔節〕
尽〔盡〕
　〔儘〕
进〔進〕
举〔舉〕

K

壳〔殼〕㉞

L

来〔來〕
乐〔樂〕
离〔離〕
历〔歷〕
　〔曆〕
丽〔麗〕㉟
两〔兩〕
灵〔靈〕
刘〔劉〕
龙〔龍〕
娄〔婁〕
卢〔盧〕
虏〔虜〕
卤〔鹵〕
　〔滷〕
录〔錄〕
虑〔慮〕
仑〔侖〕
罗〔羅〕

M

马〔馬〕㊱
买〔買〕
卖〔賣〕㊲
麦〔麥〕
门〔門〕
黾〔黽〕㊳

N

难〔難〕
鸟〔鳥〕㊴
聂〔聶〕
宁〔寧〕㊵
农〔農〕

Q

齐〔齊〕
岂〔豈〕
气〔氣〕

迁〔遷〕

金〔僉〕

乔〔喬〕

亲〔親〕

穷〔窮〕

区〔區〕④¹

S

啬〔嗇〕

杀〔殺〕

审〔審〕

圣〔聖〕

师〔師〕

时〔時〕

寿〔壽〕

属〔屬〕

双〔雙〕

肃〔肅〕④²

岁〔歲〕

孙〔孫〕

T

条〔條〕④³

W

万〔萬〕

为〔爲〕

韦〔韋〕

乌〔烏〕④⁴

无〔無〕④⁵

X

献〔獻〕

乡〔鄉〕

写〔寫〕④⁶

寻〔尋〕

Y

亚〔亞〕

严〔嚴〕

厌〔厭〕

尧〔堯〕④⁷

业〔業〕

页〔頁〕

义〔義〕④⁸

艺〔藝〕

阴〔陰〕

隐〔隱〕

犹〔猶〕

鱼〔魚〕

与〔與〕

云〔雲〕

Z

郑〔鄭〕

执〔執〕

质〔質〕

专〔專〕

簡化偏旁

讠〔言〕㊾
饣〔食〕㊿
𠃓〔昜〕(51)
纟〔糸〕
〢又〔臤〕
龷〔𤇾〕
〢𠂉〔臨〕
只〔戠〕
钅〔金〕(52)
𭕄〔𦥯〕
圣〔睪〕(53)
𢀖〔巠〕
亦〔䜌〕
呙〔咼〕

第三表
應用第二表所列簡化字和簡化偏旁得出來
的簡化字

本表共收簡化字 1,753 個（不包含重見的字。
例如"缆"分見"纟、收、见"三部，只算一字），
以第二表中的簡化字和簡化偏旁作部首，按第
二表的順序排列。同一部首中的簡化字，按筆
數排列。

爱

嗳〔噯〕
嫒〔嬡〕
緗〔靉〕
瑷〔璦〕
暧〔曖〕

罢

摆〔擺〕
　〔襬〕
罴〔羆〕
糦〔糳〕

备

惫〔憊〕

贝

贞〔貞〕
则〔則〕
负〔負〕
贡〔貢〕

呗〔唄〕
员〔員〕
财〔財〕
狈〔狽〕
责〔責〕
厕〔厠〕
贤〔賢〕
账〔賬〕
贩〔販〕
贬〔貶〕
败〔敗〕
贮〔貯〕
贪〔貪〕
贫〔貧〕
侦〔偵〕
侧〔側〕
货〔貨〕
贯〔貫〕
测〔測〕
浈〔湞〕
恻〔惻〕
贰〔貳〕

贲〔賁〕
贳〔貰〕
费〔費〕
郧〔鄖〕
勋〔勛〕
帧〔幀〕
贴〔貼〕
贶〔貺〕
贻〔貽〕
贱〔賤〕
贵〔貴〕
钡〔鋇〕
贷〔貸〕
贸〔貿〕
贺〔賀〕
陨〔隕〕
涢〔溳〕
资〔資〕
祯〔禎〕
贾〔賈〕
损〔損〕
贽〔贄〕

埙〔塤〕　　啧〔嘖〕　　赏〔賞〕⑤⁴

桢〔楨〕　　赊〔賒〕　　赐〔賜〕

唝〔嗊〕　　帻〔幘〕　　赒〔覗〕

唢〔嗩〕　　债〔債〕　　锁〔鎖〕

赅〔賅〕　　铡〔鍘〕　　馈〔饋〕

圆〔圓〕　　绩〔績〕　　赖〔賴〕

贼〔賊〕　　溃〔潰〕　　赪〔赬〕

赇〔賕〕　　溅〔濺〕　　碛〔磧〕

赈〔贐〕　　赓〔賡〕　　殨〔殨〕

赂〔賂〕　　愦〔憒〕　　瞆〔瞶〕

债〔債〕　　愤〔憤〕　　腻〔膩〕

赁〔賃〕　　蒉〔蕢〕　　赛〔賽〕

渍〔漬〕　　赍〔賫〕　　襀〔襀〕

惯〔慣〕　　蒇〔蕆〕　　赘〔贅〕

琐〔瑣〕　　赌〔睛〕　　撄〔攖〕

赉〔賚〕　　赔〔賠〕　　樱〔櫻〕

匮〔匱〕　　睒〔睒〕　　嘤〔嚶〕

掼〔摜〕　　遗〔遺〕　　赚〔賺〕

殒〔殞〕　　赋〔賦〕　　赙〔賻〕

勚〔勩〕　　喷〔噴〕　　罂〔罌〕

赈〔賑〕　　赌〔賭〕　　镖〔鏢〕

婴〔嬰〕　　赎〔贖〕　　篓〔簍〕

鍘〔鍘〕	瓆〔瓆〕	濱〔濱〕
纓〔纓〕	臢〔臢〕	擯〔擯〕
瓔〔瓔〕	贛〔贛〕	嬪〔嬪〕
聵〔聵〕	趲〔趲〕	繽〔繽〕
櫻〔櫻〕	躓〔躓〕	殯〔殯〕
贖〔贖〕	戀〔戀〕	檳〔檳〕
簀〔簀〕		臏〔臏〕
瀨〔瀨〕	**笔**	鑌〔鑌〕
癭〔癭〕	滗〔潷〕	髕〔髕〕
懶〔懶〕		鬢〔鬢〕
贗〔贗〕	**毕**	
獷〔獷〕	荜〔蓽〕	**参**
贈〔贈〕	哔〔嗶〕	渗〔滲〕
鸚〔鸚〕	筚〔篳〕	惨〔慘〕
獺〔獺〕	跸〔蹕〕	掺〔摻〕
赞〔贊〕		骖〔驂〕
赢〔贏〕	**边**	毵〔毿〕
贍〔贍〕	笾〔籩〕	瘆〔瘮〕
癲〔癲〕		碜〔磣〕
攢〔攢〕	**宾**	穇〔穇〕
籟〔籟〕	傧〔儐〕	糁〔糝〕
繢〔繢〕		

仓

伧〔傖〕
创〔創〕
沧〔滄〕
怆〔愴〕
苍〔蒼〕
抢〔搶〕
呛〔嗆〕
炝〔熗〕
玱〔瑲〕
枪〔槍〕
戗〔戧〕
疮〔瘡〕
鸧〔鶬〕
舱〔艙〕
跄〔蹌〕

产

浐〔滻〕
萨〔薩〕
铲〔鏟〕

长

伥〔倀〕
怅〔悵〕
帐〔帳〕
张〔張〕
枨〔棖〕
账〔賬〕
胀〔脹〕
涨〔漲〕

尝

鲿〔鱨〕

车

轧〔軋〕
军〔軍〕
轨〔軌〕
厍〔厙〕
阵〔陣〕
库〔庫〕
连〔連〕

轩〔軒〕
诨〔諢〕
郓〔鄆〕
轫〔軔〕
轭〔軛〕
瓯〔甌〕
转〔轉〕
轮〔輪〕
斩〔斬〕
软〔軟〕
浑〔渾〕
恽〔惲〕
砗〔硨〕
轶〔軼〕
轲〔軻〕
轱〔軲〕
轷〔軤〕
轻〔輕〕
轳〔轤〕
轴〔軸〕
挥〔揮〕
荤〔葷〕

轹〔轢〕　　崭〔嶄〕　　辗〔輾〕

轸〔軫〕　　裤〔褲〕　　舆〔輿〕

轺〔軺〕　　裢〔褳〕　　辘〔轆〕

涟〔漣〕　　辇〔輦〕　　撵〔攆〕

珲〔琿〕　　辋〔輞〕　　鲢〔鰱〕

载〔載〕　　辍〔輟〕　　辙〔轍〕

莲〔蓮〕　　辊〔輥〕　　錾〔鏨〕

较〔較〕　　椠〔槧〕　　辚〔轔〕

轼〔軾〕　　辐〔輻〕

轻〔輕〕　　暂〔暫〕　　　齿

辂〔輅〕　　辉〔輝〕

轿〔轎〕　　辈〔輩〕　　龇〔齜〕

晕〔暈〕　　链〔鏈〕　　啮〔嚙〕

渐〔漸〕　　翚〔翬〕　　龆〔齠〕

惭〔慚〕　　辏〔輳〕　　龅〔齙〕

鞁〔鞁〕　　辐〔輻〕　　龃〔齟〕

琏〔璉〕　　辑〔輯〕　　龄〔齡〕

辅〔輔〕　　输〔輸〕　　龅〔齜〕

辄〔輒〕　　毂〔轂〕　　龈〔齦〕

辆〔輛〕　　辔〔轡〕　　龉〔齬〕

堑〔塹〕　　辖〔轄〕　　龊〔齪〕

啭〔囀〕　　辕〔轅〕　　龌〔齷〕

虫

蛊〔蠱〕

刍

诌〔謅〕
㑇〔傷〕
邹〔鄒〕
㤰〔懓〕
驺〔騶〕
绉〔縐〕
皱〔皺〕
趋〔趨〕
雏〔雛〕

从

苁〔蓯〕
纵〔縱〕
枞〔樅〕
怂〔慫〕
耸〔聳〕

窜

撺〔攛〕
镩〔鑹〕
蹿〔躥〕

达

挞〔撻〕
闼〔闥〕
挞〔撻〕
哒〔噠〕
鞑〔韃〕

带

滞〔滯〕

单

郸〔鄲〕
惮〔憚〕
阐〔闡〕
掸〔撣〕
弹〔彈〕

婵〔嬋〕

禅〔禪〕
殚〔殫〕
瘅〔癉〕
蝉〔蟬〕
箪〔簞〕
蕲〔蘄〕
䦶〔鼉〕

当

挡〔擋〕
档〔檔〕
裆〔襠〕
铛〔鐺〕

党

谠〔讜〕
傥〔儻〕
镋〔钂〕

东

冻〔凍〕

陈〔陳〕

崠〔巣〕

栋〔棟〕

胨〔腖〕

鸫〔鶇〕

动

恸〔慟〕

断

簖〔籪〕

对

怼〔懟〕

队

坠〔墜〕

尔

迩〔邇〕

弥〔彌〕

〔瀰〕

祢〔禰〕

玺〔璽〕

猕〔獼〕

发

泼〔潑〕

废〔廢〕

拨〔撥〕

钹〔鏺〕

丰

沣〔灃〕

艳〔艷〕

滟〔灧〕

风

讽〔諷〕

沨〔渢〕

岚〔嵐〕

枫〔楓〕

疯〔瘋〕

飒〔颯〕

砜〔碸〕

飓〔颶〕

飔〔颸〕

飕〔颼〕

飗〔飀〕

飘〔飄〕

飙〔飆〕

冈

刚〔剛〕

扨〔搿〕

岗〔崗〕

纲〔綱〕

枫〔棡〕

钢〔鋼〕

广

邝〔鄺〕

圹〔壙〕

扩〔擴〕　　哗〔嘩〕　　绘〔繪〕

犷〔獷〕　　骅〔驊〕　　烩〔燴〕

纩〔纊〕　　烨〔燁〕　　桧〔檜〕

旷〔曠〕　　桦〔樺〕　　脍〔膾〕

矿〔礦〕　　晔〔曄〕　　鲙〔鱠〕

　　铧〔鏵〕

归　　　　　　　　**几**

　　　　　画

峟〔歸〕　　　　　　　讥〔譏〕

　　　媚〔嬧〕　　叽〔嘰〕

龟　　　　　　　　饥〔饑〕

　　　汇　　　　机〔機〕

阄〔鬮〕　　　　　　　玑〔璣〕

　　　扝〔擓〕　　矶〔磯〕

国　　　　　　　　虮〔蟣〕

　　　会

掴〔摑〕　　　　　　　**夹**

帼〔幗〕　　刽〔劊〕

腘〔膕〕　　郐〔鄶〕　　郏〔郟〕

蝈〔蟈〕　　侩〔儈〕　　侠〔俠〕

　　　浍〔澮〕　　陕〔陝〕

过　　　荟〔薈〕　　浃〔浹〕

　　　哙〔噲〕　　挟〔挾〕

挝〔撾〕　　狯〔獪〕　　荚〔莢〕

华

峡〔峽〕	践〔踐〕	览〔覽〕
狭〔狹〕		宽〔寬〕
惬〔愜〕	**监**	蚬〔蜆〕
硖〔硤〕	滥〔濫〕	觊〔覬〕
铗〔鋏〕	蓝〔藍〕	笕〔筧〕
颊〔頰〕	尴〔尷〕	觍〔覥〕
蛱〔蛺〕	槛〔檻〕	靓〔覿〕
瘘〔瘞〕	褴〔襤〕	靓〔靚〕
箧〔篋〕	篮〔籃〕	搅〔攪〕
		揽〔攬〕
戋	**见**	缆〔纜〕
		窥〔窺〕
刬〔剗〕	觅〔莧〕	榄〔欖〕
浅〔淺〕	岘〔峴〕	觎〔覦〕
钱〔餞〕	觃〔覎〕	靓〔靚〕
线〔綫〕	视〔視〕	觐〔覲〕
残〔殘〕	规〔規〕	觑〔覷〕
栈〔棧〕	现〔現〕	髋〔髖〕
贱〔賤〕	枧〔梘〕	
盏〔盞〕	觅〔覓〕	**荐**
钱〔錢〕	觉〔覺〕	
笺〔箋〕	砚〔硯〕	鞯〔韉〕
溅〔濺〕	觇〔覘〕	

将	来	历
蒋〔蔣〕	涞〔淶〕	沥〔瀝〕
锵〔鏹〕	莱〔萊〕	坜〔壢〕
节	崃〔崍〕	苈〔藶〕
栉〔櫛〕	徕〔徠〕	呖〔嚦〕
尽	赉〔賚〕	枥〔櫪〕
浕〔濜〕	睐〔睞〕	疬〔癧〕
荩〔藎〕	铼〔錸〕	雳〔靂〕
烬〔燼〕	**乐**	**丽**
赆〔贐〕	泺〔濼〕	俪〔儷〕
进	烁〔爍〕	郦〔酈〕
琎〔璡〕	栎〔櫟〕	逦〔邐〕
举	轹〔轢〕	骊〔驪〕
榉〔櫸〕	砾〔礫〕	鹂〔鸝〕
壳	铄〔鑠〕	酾〔釃〕
悫〔愨〕	**离**	鲡〔鱺〕
	漓〔灕〕	**两**
	篱〔籬〕	俩〔倆〕
		唡〔啢〕

辆〔輛〕 　　拢〔攏〕 　　喽〔嘍〕
满〔滿〕 　　茏〔蘢〕 　　缕〔縷〕
瞒〔瞞〕 　　咙〔嚨〕 　　屡〔屢〕
颟〔顢〕 　　珑〔瓏〕 　　数〔數〕
螨〔蟎〕 　　栊〔櫳〕 　　楼〔樓〕
魉〔魎〕 　　袭〔襲〕 　　瘘〔瘻〕
懑〔懣〕 　　昽〔曨〕 　　褛〔褸〕
蹒〔蹣〕 　　胧〔朧〕 　　窭〔窶〕
　　　　　　碿〔礱〕 　　瞜〔瞜〕

灵 　　　　　袭〔襲〕 　　镂〔鏤〕

栎〔櫟〕 　　聋〔聾〕 　　屦〔屨〕
　　　　　　龚〔龔〕 　　蝼〔螻〕

刘 　　　　　龛〔龕〕 　　篓〔簍〕

浏〔瀏〕 　　笼〔籠〕 　　耧〔耬〕
　　　　　　詟〔讋〕 　　薮〔藪〕

龙 　　　　　　　　　　　擞〔擻〕

陇〔隴〕 　　　娄 　　　髅〔髏〕

泷〔瀧〕 　　偻〔僂〕 　　　卢
宠〔寵〕 　　溇〔漊〕
庞〔龐〕 　　蒌〔蔞〕 　　泸〔瀘〕
垄〔壟〕 　　搂〔摟〕 　　垆〔壚〕
　　　　　　嵝〔嶁〕 　　栌〔櫨〕

轳〔轤〕　　论〔論〕　　吗〔嗎〕
胪〔臚〕　　伦〔倫〕　　犸〔獁〕
鸬〔鸕〕　　沦〔淪〕　　驮〔馱〕
颅〔顱〕　　抡〔掄〕　　驰〔馳〕
舻〔艫〕　　囵〔圇〕　　驯〔馴〕
鲈〔鱸〕　　纶〔綸〕　　妈〔媽〕
　　　　　　轮〔輪〕　　玛〔瑪〕

虏　　　瘰〔癟〕　　驱〔驅〕
　　　　　　　　　　　　驳〔駁〕
掳〔擄〕　　　**罗**　　码〔碼〕
　　　　　　萝〔蘿〕　　驼〔駝〕
卤　　　啰〔囉〕　　驻〔駐〕
镲〔鑔〕　　逻〔邏〕　　驵〔駔〕
　　　　　　猡〔玀〕　　驾〔駕〕
录　　　椤〔欏〕　　驿〔驛〕
篆〔籙〕　　锣〔鑼〕　　驷〔駟〕
　　　　　　箩〔籮〕　　驶〔駛〕

虑　　　　　　　　　驹〔駒〕
滤〔濾〕　　　**马**　　骀〔駘〕
摅〔攄〕　　冯〔馮〕　　驸〔駙〕
　　　　　　驭〔馭〕　　驽〔駑〕
仑　　　闯〔闖〕

骂〔罵〕　　骚〔騷〕　　椟〔櫝〕

蚂〔螞〕　　骞〔騫〕　　觌〔覿〕

笃〔篤〕　　骜〔驁〕　　赎〔贖〕

骇〔駭〕　　蓦〔驀〕　　椟〔犢〕

骈〔駢〕　　腾〔騰〕　　牍〔牘〕

骁〔驍〕　　骝〔騮〕　　窦〔竇〕

骄〔驕〕　　骗〔騙〕　　黩〔黷〕

骅〔驊〕　　骠〔驃〕

骆〔駱〕　　骢〔驄〕　　　麦

骊〔驪〕　　骡〔騾〕　　唛〔嘜〕

骋〔騁〕　　羁〔羈〕　　麸〔麩〕

验〔驗〕　　骤〔驟〕

骏〔駿〕　　骥〔驥〕　　　门

骎〔駸〕　　骧〔驤〕　　闩〔閂〕

骑〔騎〕　　　　　　　　闪〔閃〕

骐〔騏〕　　　买　　　　们〔們〕

骡〔騍〕　　　　　　　　闭〔閉〕

雏〔雛〕　　荚〔蕒〕　　闯〔闖〕

骖〔驂〕　　　卖　　　　问〔問〕

骗〔騙〕　　　　　　　　扪〔捫〕

骂〔驚〕　　读〔讀〕　　闱〔闈〕

骛〔騖〕　　渎〔瀆〕　　闵〔閔〕

　　　　　　续〔續〕

闷〔悶〕　　　闱〔闈〕　　　铜〔鋼〕

闰〔閏〕　　　闾〔閭〕⑤　　铟〔錮〕

闲〔閑〕　　　闽〔閩〕　　　阙〔闕〕

间〔間〕　　　娴〔嫻〕　　　阎〔閻〕

闹〔鬧〕　　　阄〔鬮〕　　　阗〔闐〕

闸〔閘〕　　　阅〔閱〕　　　椆〔欄〕

钔〔鍆〕　　　阉〔閹〕　　　简〔簡〕

阂〔閡〕　　　闿〔闓〕　　　谰〔讕〕

闺〔閨〕　　　阊〔閶〕　　　阚〔闞〕

闻〔聞〕　　　阌〔閿〕　　　蔺〔藺〕

闼〔闥〕　　　阅〔閲〕　　　澜〔瀾〕

闽〔閩〕　　　阐〔闡〕　　　斓〔斕〕

闾〔閭〕　　　阁〔閣〕　　　嘲〔讕〕

闿〔闓〕　　　焖〔燜〕　　　镧〔鑭〕

闱〔闈〕　　　阑〔闌〕　　　躏〔躪〕

阁〔閣〕　　　裥〔襇〕

阀〔閥〕　　　阔〔闊〕　　　**黾**

润〔潤〕　　　痫〔癇〕

涧〔澗〕　　　鹇〔鷳〕　　　渑〔澠〕

悯〔憫〕　　　阒〔闃〕　　　绳〔繩〕

阆〔閬〕　　　阕〔闋〕　　　鼋〔黿〕

阅〔閱〕　　　搁〔擱〕　　　蝇〔蠅〕

　　　　　　　　　　　　　　鼍〔鼉〕

难

傩〔儺〕

滩〔灘〕

摊〔攤〕

瘫〔癱〕

鸟

凫〔鳧〕

鸠〔鳩〕

岛〔島〕

茑〔蔦〕

鸢〔鳶〕

鸣〔鳴〕

枭〔梟〕

鸩〔鴆〕

鸦〔鴉〕

鸨〔鴇〕

鸥〔鷗〕

鸹〔鴰〕

鸽〔鴿〕

鸾〔鸞〕

莺〔鶯〕

鸪〔鴣〕

捣〔搗〕

鸫〔鶇〕

鸬〔鸕〕

鸭〔鴨〕

鸯〔鴦〕

鸮〔鴞〕

鸲〔鴝〕

鸰〔鴒〕

鸳〔鴛〕

鸵〔鴕〕

袅〔裊〕

鸱〔鴟〕

鸶〔鷥〕

鸯〔鸞〕

鸡〔鷄〕

鸿〔鴻〕

鸷〔鷙〕

鸸〔鴯〕

鸶〔鷙〕

鹈〔鵜〕

鸽〔鴿〕

鸹〔鴰〕

鸺〔鵂〕

鸻〔鴴〕

鹈〔鶘〕

鹅〔鵝〕

鹃〔鵑〕

鹋〔鶓〕

鹊〔鵲〕

鹋〔鶓〕

鹌〔鵪〕

鹎〔鵯〕

鹏〔鵬〕

鹑〔鶉〕

鹜〔鶩〕

鹕〔鶘〕

鹌〔鵪〕

鹘〔鶻〕

鹗〔鶚〕

鹉〔鵡〕

鹊〔鵲〕

鹆〔鵒〕

鹇〔鷳〕

鹈〔鶊〕

鹅〔鵝〕

鹛〔鶥〕

鹏〔鵬〕

鹐〔鵮〕

鹚〔鷀〕

鹕〔鶘〕　　鹬〔鷸〕　　**农**

鹖〔鶡〕　　鹭〔鷺〕　　侬〔儂〕

鹟〔鶲〕　　鹲〔鸏〕　　浓〔濃〕

鹗〔鶚〕　　鹴〔鸘〕　　哝〔噥〕

鹘〔鶻〕　　　　　　　　脓〔膿〕

鹙〔鶖〕　　**聂**

鹚〔鶿〕　　　　　　　　**齐**

鹛〔鶥〕　　慑〔懾〕

鹤〔鶴〕　　滠〔灄〕　　剂〔劑〕

鹣〔鶼〕　　摄〔攝〕　　侪〔儕〕

鹞〔鷂〕　　嗫〔囁〕　　济〔濟〕

鹡〔鶺〕　　镊〔鑷〕　　荠〔薺〕

鹠〔鶹〕　　颡〔顙〕　　挤〔擠〕

鹢〔鷁〕　　蹑〔躡〕　　脐〔臍〕

鹥〔鷖〕　　　　　　　　蛴〔蠐〕

鹦〔鸚〕　　**宁**　　　跻〔躋〕

鹨〔鷚〕　　　　　　　　霁〔霽〕

鹫〔鷲〕　　泞〔濘〕　　鲚〔鱭〕

鹪〔鷦〕　　拧〔擰〕　　齑〔齏〕

鹬〔鷉〕　　咛〔嚀〕

鹬〔鷉〕　　狞〔獰〕　　**岂**

鹰〔鷹〕　　柠〔檸〕

　　　　　　聍〔聹〕　　剀〔剴〕

凱〔凱〕　　揀〔揀〕　　硚〔礄〕

愷〔愷〕　　猃〔獫〕　　矫〔矯〕

闉〔闓〕　　验〔驗〕　　鞒〔鞽〕

垲〔塏〕　　检〔檢〕

桤〔榿〕　　殓〔殮〕　　**亲**

觊〔覬〕　　敛〔斂〕

硙〔磑〕　　脸〔臉〕　　榇〔櫬〕

皑〔皚〕　　裣〔襝〕

铠〔鎧〕　　睑〔瞼〕　　**穷**

　　　　　　签〔簽〕

气　　　潋〔瀲〕　　劳〔藭〕

　　　　　　蔹〔蘞〕

忾〔愾〕　　　　　　　　**区**

饩〔餼〕　　**乔**

　　　　　　　　　　　讴〔謳〕

迁　　　侨〔僑〕　　伛〔傴〕

　　　　　　挢〔撟〕　　沤〔漚〕

跹〔躚〕　　荞〔蕎〕　　怄〔慪〕

　　　　　　峤〔嶠〕　　抠〔摳〕

金　　　骄〔驕〕　　奁〔奩〕

　　　　　　娇〔嬌〕　　呕〔嘔〕

剑〔劍〕　　桥〔橋〕　　岖〔嶇〕

俭〔儉〕　　轿〔轎〕　　妪〔嫗〕

险〔險〕　　　　　　　　驱〔驅〕

枢〔樞〕

瓯〔甌〕

欧〔歐〕

殴〔毆〕

鸥〔鷗〕

眍〔膒〕

躯〔軀〕

啬

蔷〔薔〕

墙〔墻〕

嫱〔嬙〕

樯〔檣〕

穑〔穡〕

杀

铩〔鎩〕

审

谉〔讅〕

婶〔嬸〕

圣

柽〔檉〕

蛏〔蟶〕

师

浉〔溮〕

狮〔獅〕

蛳〔螄〕

筛〔篩〕

时

埘〔塒〕

莳〔蒔〕

鲥〔鰣〕

寿

俦〔儔〕

涛〔濤〕

祷〔禱〕

焘〔燾〕

畴〔疇〕

铸〔鑄〕

筹〔籌〕

踌〔躊〕

属

嘱〔囑〕

瞩〔矚〕

双

扠〔攤〕

肃

萧〔蕭〕

啸〔嘯〕

潇〔瀟〕

箫〔簫〕

蟏〔蠨〕

岁

刿〔劌〕

哕〔噦〕

秒〔穐〕

孙

荪〔蓀〕
狲〔猻〕
逊〔遜〕

条

涤〔滌〕
绦〔縧〕
鲦〔鰷〕

万

厉〔厲〕
迈〔邁〕
励〔勵〕
疠〔癘〕
虿〔蠆〕
趸〔躉〕
砺〔礪〕
粝〔糲〕

蛎〔蠣〕

为

伪〔偽〕
沩〔潙〕
妫〔媯〕

韦

讳〔諱〕
伟〔偉〕
闱〔闈〕
违〔違〕
苇〔葦〕
韧〔韌〕
帏〔幃〕
围〔圍〕
纬〔緯〕
炜〔煒〕
袆〔褘〕
玮〔瑋〕
韨〔韍〕
涠〔潿〕

韩〔韓〕
韫〔韞〕
韪〔韙〕
韬〔韜〕

乌

邬〔鄔〕
坞〔塢〕
呜〔嗚〕
钨〔鎢〕

无

怃〔憮〕
庑〔廡〕
抚〔撫〕
芜〔蕪〕
呒〔嘸〕
妩〔嫵〕

献

谳〔讞〕

乡

芗〔薌〕
飨〔饗〕

写

泻〔瀉〕

寻

浔〔潯〕
荨〔蕁〕
挦〔撏〕
鲟〔鱘〕

亚

垩〔堊〕
垭〔埡〕
挜〔掗〕
哑〔啞〕
娅〔婭〕
恶〔惡〕
〔噁〕

氩〔氬〕
壶〔壺〕

严

俨〔儼〕
酽〔釅〕

厌

恹〔懨〕
厣〔厴〕
靥〔靨〕
餍〔饜〕
魇〔魘〕
黡〔黶〕

尧

侥〔僥〕
浇〔澆〕
挠〔撓〕
荛〔蕘〕
峣〔嶢〕

哓〔嘵〕
娆〔嬈〕
骁〔驍〕
绕〔繞〕
饶〔饒〕
烧〔燒〕
桡〔橈〕
晓〔曉〕
硗〔磽〕
铙〔鐃〕
翘〔翹〕
蛲〔蟯〕
跷〔蹺〕

业

邺〔鄴〕

页

顶〔頂〕
顷〔頃〕
项〔項〕
顸〔頇〕

顺〔順〕　颔〔頷〕　嚣〔囂〕

须〔須〕　硕〔碩〕　颢〔顥〕

顽〔頑〕　潩〔潩〕　颤〔顫〕

烦〔煩〕　颐〔頤〕　巅〔巔〕

项〔項〕　蒉〔蕢〕　颥〔顬〕

顸〔頇〕　频〔頻〕　癫〔癲〕

顿〔頓〕　颓〔頹〕　灏〔灝〕

颀〔頎〕　颔〔頷〕　颦〔顰〕

颁〔頒〕　颖〔穎〕　颧〔顴〕

颂〔頌〕　颗〔顆〕

倾〔傾〕　额〔額〕　　义

预〔預〕　颜〔顏〕

廎〔頃〕　撷〔擷〕　议〔議〕

硕〔碩〕　题〔題〕　仪〔儀〕

顾〔顧〕　颙〔顒〕　蚁〔蟻〕

领〔領〕　颛〔顓〕

颈〔頸〕　缬〔纈〕　　艺

颇〔頗〕　瀕〔瀕〕

颏〔頦〕　颠〔顛〕　呓〔囈〕

颊〔頰〕　颟〔顢〕

颉〔頡〕　颡〔顙〕　　阴

颖〔穎〕　颣〔纇〕　荫〔蔭〕

　　　　　　　　　　隐

癮〔癮〕

犹

犹〔猶〕

鱼

鱽〔魛〕

渔〔漁〕

鲂〔魴〕

鱿〔魷〕

鲁〔魯〕

鲎〔鱟〕

蓟〔薊〕

鲆〔鮃〕

鲅〔鮁〕

鲅〔鮁〕

鲈〔鱸〕

鲇〔鮎〕

鲊〔鮓〕

鲫〔鮣〕

稣〔穌〕

鲋〔鮒〕

鲍〔鮑〕

鲐〔鮐〕

鲞〔鯗〕

羞〔鮺〕

鲟〔鱘〕

鲛〔鮫〕

鲜〔鮮〕

鲑〔鮭〕

鲒〔鮚〕

鲟〔鱘〕

鲟〔鱘〕

鲗〔鰂〕

鲖〔鮦〕

鲙〔鱠〕

鲨〔鯊〕

噜〔嚕〕

鲡〔鱺〕

鲠〔鯁〕

鲢〔鰱〕

卿〔鄉〕

鲥〔鰣〕

鲩〔鯇〕

鲣〔鰹〕

鲤〔鯉〕

鲦〔鰷〕

鲧〔鯀〕

橹〔櫓〕

氇〔氌〕

鲸〔鯨〕

鲭〔鯖〕

鲮〔鯪〕

鲫〔鯽〕

鲲〔鯤〕

鲻〔鯔〕

鲳〔鯧〕

鲱〔鯡〕

鲵〔鯢〕

鲷〔鯛〕

鲶〔鯰〕

薛〔薛〕

鳍〔鰭〕

鳌〔鰲〕

鳒〔鰜〕

鳊〔鯿〕　　鳔〔鰾〕　　掷〔擲〕

鲽〔鰈〕　　鳓〔鰳〕　　踯〔躑〕

鳁〔鰮〕　　鳘〔鰵〕　　**执**

鳃〔鰓〕　　鳗〔鰻〕

鳄〔鰐〕　　鳝〔鱔〕　　垫〔墊〕

鲁〔鐪〕　　鳟〔鱒〕　　挚〔摯〕

鳅〔鰍〕　　鳞〔鱗〕　　贽〔贄〕

鳆〔鰒〕　　鳜〔鱖〕　　鸷〔鷙〕

鳇〔鰉〕　　鳢〔鱧〕　　蛰〔蟄〕

鳌〔鰲〕　　鳢〔鱧〕　　絷〔縶〕

鹸〔鹹〕

鰧〔鰧〕　　**与**　　**质**

鳒〔鰜〕

鳍〔鰭〕　　屿〔嶼〕　　锧〔鑕〕

鳎〔鰨〕　　欤〔歟〕　　踬〔躓〕

鳏〔鰥〕

鳑〔鰟〕　　**云**　　**专**

鳓〔鰳〕

癣〔癬〕　　芸〔蕓〕　　传〔傳〕

鳖〔鱉〕　　昙〔曇〕　　抟〔摶〕

鳙〔鱅〕　　叆〔靉〕　　转〔轉〕

鳌〔鰡〕　　叇〔靆〕　　䏝〔膊〕

鳕〔鱈〕　　**郑**　　砖〔磚〕

嗬〔囀〕

讠

计〔計〕
订〔訂〕
讣〔訃〕
讥〔譏〕
议〔議〕
讨〔討〕
讧〔訌〕
讦〔訐〕
记〔記〕
讯〔訊〕
讪〔訕〕
训〔訓〕
讫〔訖〕
访〔訪〕
讶〔訝〕
讳〔諱〕
讵〔詎〕
讴〔謳〕
诀〔訣〕

讷〔訥〕
设〔設〕
讽〔諷〕
讹〔訛〕
诉〔訴〕
许〔許〕
论〔論〕
讼〔訟〕
讻〔訩〕
诂〔詁〕
诃〔訶〕
评〔評〕
诏〔詔〕
词〔詞〕
译〔譯〕
诎〔詘〕
诇〔詗〕
诅〔詛〕
识〔識〕
诌〔謅〕
诋〔詆〕
诉〔訴〕

诈〔詐〕
诊〔診〕
诒〔詒〕
诨〔諢〕
该〔該〕
详〔詳〕
诧〔詫〕
诓〔誆〕
诖〔詿〕
诘〔詰〕
诙〔詼〕
试〔試〕
诗〔詩〕
诩〔詡〕
诤〔諍〕
诠〔詮〕
诛〔誅〕
诔〔誄〕
诟〔詬〕
诣〔詣〕
话〔話〕
诡〔詭〕

询〔詢〕	谉〔讅〕	谌〔諶〕
诚〔誠〕	谇〔誶〕	谎〔謊〕
诞〔誕〕	请〔請〕	谋〔謀〕
浒〔滸〕	诺〔諾〕	谍〔諜〕
诮〔誚〕	诸〔諸〕	谐〔諧〕
说〔說〕	读〔讀〕	谏〔諫〕
诫〔誡〕	诼〔諑〕	谞〔諝〕
诬〔誣〕	诹〔諏〕	谑〔謔〕
语〔語〕	课〔課〕	谒〔謁〕
诵〔誦〕	诽〔誹〕	谔〔諤〕
罚〔罰〕	诿〔諉〕	谓〔謂〕
误〔誤〕	谁〔誰〕	谖〔諼〕
诰〔誥〕	谀〔諛〕	谕〔諭〕
诳〔誑〕	调〔調〕	谥〔謚〕
诱〔誘〕	谄〔諂〕	谤〔謗〕
诲〔誨〕	谂〔諗〕	谦〔謙〕
诶〔誒〕	谛〔諦〕	谧〔謐〕
狱〔獄〕	谙〔諳〕	谟〔謨〕
谊〔誼〕	谜〔謎〕	谠〔讜〕
谅〔諒〕	谚〔諺〕	谡〔謖〕
谈〔談〕	谝〔諞〕	谢〔謝〕
谆〔諄〕	谘〔諮〕	谣〔謠〕

储〔儲〕
谪〔謫〕
谫〔譾〕
谨〔謹〕
谬〔謬〕
谩〔謾〕
谱〔譜〕
谮〔譖〕
谭〔譚〕
谰〔讕〕
谲〔譎〕
谯〔譙〕
蔼〔藹〕
槠〔櫧〕
遣〔譴〕
谵〔譫〕
谳〔讞〕
辩〔辯〕
谦〔讌〕
雠〔讎〕⑤
谶〔讖〕
霭〔靄〕

飠

饥〔饑〕
饦〔飥〕
饧〔餳〕
饨〔飩〕
饭〔飯〕
饮〔飲〕
饫〔飫〕
饩〔餼〕
饪〔飪〕
饬〔飭〕
饲〔飼〕
饯〔餞〕
饰〔飾〕
饱〔飽〕
饴〔飴〕
饳〔飿〕
饸〔餄〕
饷〔餉〕
饺〔餃〕
饮〔飲〕

饼〔餅〕
饵〔餌〕
饶〔饒〕
蚀〔蝕〕
饹〔餎〕
饽〔餑〕
馁〔餒〕
饿〔餓〕
馆〔館〕
馄〔餛〕
馃〔餜〕
馅〔餡〕
馉〔餶〕
馇〔餷〕
馈〔饋〕
馊〔餿〕
馑〔饉〕
馍〔饃〕
馎〔餺〕
馏〔餾〕
馑〔饉〕
馒〔饅〕

傲〔儌〕

馔〔饌〕

馕〔饢〕

汤

汤〔湯〕

扬〔揚〕

场〔場〕

旸〔暘〕

饧〔餳〕

炀〔煬〕

杨〔楊〕

肠〔腸〕

疡〔瘍〕

砀〔碭〕

畅〔暢〕

钖〔鍚〕

殇〔殤〕

荡〔蕩〕

烫〔燙〕

觞〔觴〕

纟

丝〔絲〕

纠〔糾〕

纩〔纊〕

纡〔紆〕

纣〔紂〕

红〔紅〕

纪〔紀〕

纫〔紉〕

纥〔紇〕

约〔約〕

纨〔紈〕

级〔級〕

纺〔紡〕

纹〔紋〕

纬〔緯〕

纭〔紜〕

纯〔純〕

纰〔紕〕

纽〔紐〕

纳〔納〕

纲〔綱〕

纱〔紗〕

纴〔紝〕

纷〔紛〕

纶〔綸〕

纸〔紙〕

纵〔縱〕

纾〔紓〕

纠〔紉〕

唑〔嗞〕

绊〔絆〕

线〔綫〕

绀〔紺〕

绁〔紲〕

绂〔紱〕

绋〔紼〕

绎〔繹〕

经〔經〕

绍〔紹〕

组〔組〕

细〔細〕

绌〔絀〕

绅〔紳〕	绚〔絢〕	绰〔綽〕
织〔織〕	绑〔綁〕	绲〔緄〕
绌〔絀〕	莼〔蒓〕	绳〔繩〕
终〔終〕	绠〔緪〕	绯〔緋〕
绉〔縐〕	绨〔綈〕	绶〔綬〕
绐〔紿〕	绡〔綃〕	绸〔綢〕
哟〔喲〕	绢〔絹〕	绷〔繃〕
经〔經〕	绣〔綉〕	绺〔綹〕
莳〔蒔〕	绥〔綏〕	维〔維〕
莛〔莛〕	绦〔縧〕	绵〔綿〕
绞〔絞〕	鸶〔鷥〕	缁〔緇〕
统〔統〕	综〔綜〕	缔〔締〕
绒〔絨〕	绽〔綻〕	编〔編〕
绕〔繞〕	绾〔綰〕	缕〔縷〕
绔〔絝〕	绻〔綣〕	缃〔緗〕
结〔結〕	绩〔績〕	缂〔緙〕
绗〔絎〕	绫〔綾〕	缅〔緬〕
给〔給〕	绪〔緒〕	缘〔緣〕
绘〔繪〕	续〔續〕	缉〔緝〕
绝〔絕〕	绮〔綺〕	缇〔緹〕
绛〔絳〕	缀〔綴〕	缈〔緲〕
络〔絡〕	绿〔綠〕	缙〔縉〕

缊〔縕〕	缥〔縹〕	贤〔賢〕
缌〔緦〕	缪〔繆〕	肾〔腎〕
缆〔纜〕	缦〔縵〕	竖〔豎〕
缓〔緩〕	缨〔纓〕	悭〔慳〕
缄〔緘〕	缫〔繅〕	紧〔緊〕
缑〔緱〕	缧〔縲〕	铿〔鏗〕
缒〔縋〕	蕴〔蘊〕	鲣〔鰹〕
缎〔緞〕	缮〔繕〕	
辔〔轡〕	缯〔繒〕	**卝**
缤〔繾〕	缬〔纈〕	
缤〔繽〕	缭〔繚〕	劳〔勞〕
缟〔縞〕	橼〔櫞〕	茕〔煢〕
缣〔縑〕	缰〔繮〕	茔〔塋〕
缢〔縊〕	缳〔繯〕	荧〔熒〕
缚〔縛〕	缲〔繰〕	荣〔榮〕
缙〔縉〕	缱〔繾〕	荥〔滎〕
缛〔縟〕	缴〔繳〕	荦〔犖〕
缜〔縝〕	辫〔辮〕	涝〔澇〕
缝〔縫〕	缵〔纘〕	崂〔嶗〕
缡〔縭〕		莹〔瑩〕
潍〔濰〕	**収**	捞〔撈〕
缩〔縮〕	坚〔堅〕	唠〔嘮〕
		莺〔鶯〕

萤〔螢〕

营〔營〕

萦〔縈〕

痨〔癆〕

嵘〔嶸〕

锈〔鏽〕

耢〔耮〕

蝾〔蠑〕

亅丷

览〔覽〕

揽〔攬〕

缆〔纜〕

榄〔欖〕

鉴〔鑒〕

只

识〔識〕

帜〔幟〕

织〔織〕

炽〔熾〕

职〔職〕

钅

钆〔釓〕

钇〔釔〕

钉〔釘〕

钋〔釙〕

钌〔釕〕

针〔針〕

钗〔釵〕

钎〔釬〕

钓〔釣〕

钏〔釧〕

钍〔釷〕

钐〔釤〕

钒〔釩〕

钖〔鍚〕

钕〔釹〕

钔〔鍆〕

钦〔欽〕

钫〔鈁〕

钚〔鈈〕

钚〔鈈〕

钪〔鈧〕

钯〔鈀〕

钭〔鈄〕

钙〔鈣〕

钝〔鈍〕

钛〔鈦〕

钘〔鈃〕

钮〔鈕〕

钞〔鈔〕

钢〔鋼〕

钠〔鈉〕

钡〔鋇〕

钤〔鈐〕

钧〔鈞〕

钩〔鈎〕

钦〔欽〕

钨〔鎢〕

铋〔鉍〕

钰〔鈺〕

钱〔錢〕

钲〔鉦〕

钳〔鉗〕　　铈〔鈰〕　　铙〔鐃〕

钴〔鈷〕　　铉〔鉉〕　　银〔銀〕

钹〔鈸〕　　铒〔鉺〕　　铛〔鐺〕

钵〔鉢〕　　铑〔銠〕　　铜〔銅〕

钹〔鈸〕　　铕〔銪〕　　铝〔鋁〕

钼〔鉬〕　　铟〔銦〕　　铡〔鍘〕

钾〔鉀〕　　铷〔銣〕　　铠〔鎧〕

铀〔鈾〕　　铯〔銫〕　　铨〔銓〕

钿〔鈿〕　　铥〔銩〕　　铢〔銖〕

铎〔鐸〕　　铪〔鉿〕　　铣〔銑〕

铍〔鏺〕　　铞〔銱〕　　铤〔鋌〕

铃〔鈴〕　　铫〔銚〕　　铭〔銘〕

铅〔鉛〕　　铰〔銨〕　　铬〔鉻〕

铂〔鉑〕　　衔〔銜〕　　铮〔錚〕

铄〔鑠〕　　铲〔鏟〕　　铧〔鏵〕

铆〔鉚〕　　铰〔鉸〕　　铼〔錸〕

铍〔鈹〕　　铳〔銃〕　　揿〔撳〕

钶〔鈳〕　　铱〔銥〕　　锌〔鋅〕

铊〔鉈〕　　铓〔鋩〕　　锐〔銳〕

钽〔鉭〕　　铗〔鋏〕　　锑〔銻〕

铌〔鈮〕　　铐〔銬〕　　锒〔鋃〕

钜〔鉅〕　　铞〔銱〕　　铺〔鋪〕

铸〔鑄〕　　锂〔鋰〕　　键〔鍵〕

嵌〔嵌〕　　锁〔鑕〕　　镀〔鍍〕

锓〔鋟〕　　锗〔鍺〕　　镃〔鎡〕

铤〔鋥〕　　稞〔稞〕　　镁〔鎂〕

链〔鏈〕　　锭〔錠〕　　镂〔鏤〕

铿〔鏗〕　　锗〔鍺〕　　锲〔鍥〕

铜〔鐧〕　　锝〔鍀〕　　锵〔鏘〕

销〔銷〕　　锫〔錇〕　　锷〔鍔〕

锁〔鎖〕　　错〔錯〕　　锶〔鍶〕

锄〔鋤〕　　锚〔錨〕　　锴〔鍇〕

锅〔鍋〕　　锛〔錛〕　　锾〔鍰〕

锉〔銼〕　　锯〔鋸〕　　锹〔鍬〕

锈〔銹〕　　锰〔錳〕　　镍〔鎳〕

锋〔鋒〕　　铟〔銦〕　　镅〔鎇〕

锆〔鋯〕　　锟〔錕〕　　镄〔鐨〕

锊〔鋝〕　　锡〔錫〕　　锻〔鍛〕

锎〔鐦〕　　锣〔鑼〕　　锤〔錘〕

锏〔鐧〕　　锤〔錘〕　　锼〔鎪〕

锎〔鐦〕　　锥〔錐〕　　锋〔鋒〕

铽〔鋱〕　　锦〔錦〕　　镓〔鎵〕

铼〔錸〕　　锨〔鍁〕　　锐〔鐋〕

锇〔鋨〕　　锚〔錙〕　　镔〔鑌〕

镒〔鎰〕	锴〔鍇〕	学〔學〕
镐〔鎘〕	锏〔鐧〕	觉〔覺〕
镑〔鎊〕	鲁〔鐪〕	搅〔攪〕
镐〔鎬〕	镤〔鏷〕	䝾〔謍〕
镉〔鎘〕	镢〔钁〕	鲎〔鱟〕
镊〔鑷〕	镣〔鐐〕	黉〔黌〕
镇〔鎮〕	镫〔鐙〕	译〔譯〕
镍〔鎳〕	镪〔鏹〕	
镎〔鎿〕	镰〔鐮〕	**𡞵**
镏〔鎦〕	镱〔鐿〕	
镜〔鏡〕	镭〔鐳〕	泽〔澤〕
镝〔鏑〕	镬〔鑊〕	怿〔懌〕
镛〔鏞〕	镮〔鐶〕	择〔擇〕
镞〔鏃〕	镯〔鐲〕	峄〔嶧〕
镖〔鏢〕	镲〔鑔〕	绎〔繹〕
镗〔鏜〕	镳〔鑣〕	驿〔驛〕
镗〔鏜〕	镴〔鑞〕	铎〔鐸〕
镨〔鐠〕	镶〔鑲〕	萚〔蘀〕
镘〔鏝〕	镬〔钁〕	释〔釋〕
镙〔鏍〕		箨〔籜〕
镦〔鐓〕	**⺍**	
镨〔鐥〕	峃〔嶨〕	**圣**
		劲〔勁〕

刭〔剄〕　栾〔欒〕

陉〔陘〕　挛〔攣〕

泾〔涇〕　鸾〔鸞〕

茎〔莖〕　湾〔灣〕

径〔徑〕　蛮〔蠻〕

经〔經〕　脔〔臠〕

烃〔烴〕　滦〔灤〕

轻〔輕〕　銮〔鑾〕

氢〔氫〕

胫〔脛〕　　呙

痉〔痙〕

羟〔羥〕　剐〔剮〕

颈〔頸〕　涡〔渦〕

巯〔巰〕　埚〔堝〕

　　　　喎〔喎〕

　　　　莴〔萵〕

　　亦　娲〔媧〕

　　　　祸〔禍〕

变〔變〕　脶〔腡〕

弯〔彎〕　窝〔窩〕

孪〔孿〕　锅〔鍋〕

峦〔巒〕　蜗〔蝸〕

娈〔孌〕

恋〔戀〕

附錄

以下 39 個字是從《第一批異體字整理表》摘錄
出來的。這些字習慣被看作簡化字,附此以便檢
查。括弧裏的字是停止使用的異體字。

呆〔獃騃〕　　　笋〔筍〕
布〔佈〕　　　　它〔牠〕
痴〔癡〕　　　　席〔蓆〕
床〔牀〕　　　　凶〔兇〕
唇〔脣〕　　　　绣〔繡〕
雇〔僱〕　　　　锈〔鏽〕
挂〔掛〕　　　　岩〔巖〕
哄〔鬨〕　　　　异〔異〕
迹〔跡蹟〕　　　涌〔湧〕
秸〔稭〕　　　　岳〔嶽〕
杰〔傑〕⑰　　　韵〔韻〕
巨〔鉅〕　　　　灾〔災〕
昆〔崑崐〕　　　札〔剳劄〕
捆〔綑〕　　　　占〔佔〕
泪〔淚〕　　　　周〔週〕
厘〔釐〕　　　　注〔註〕
麻〔蔴〕
脉〔脈〕
猫〔貓〕
栖〔棲〕
弃〔棄〕
升〔陞昇〕

　　下列地名用字，因為生僻難認，已經國務院批准
更改，錄後以備檢查。

黑龍江	鐵驪縣	改	鐵力縣
	璦琿縣	改	愛輝縣
青海	亹源回族自治縣	改	門源回族自治縣
新疆	和闐專區	改	和田專區
	和闐縣	改	和田縣
	于闐縣	改	于田縣
	婼羌縣	改	若羌縣
江西	雩都縣	改	于都縣
	大庾縣	改	大余縣
	虔南縣	改	全南縣
	新淦縣	改	新干縣
	新喻縣	改	新余縣
	鄱陽縣	改	波陽縣
	尋鄔縣	改	尋烏縣
廣西	鬱林縣	改	玉林縣
四川	酆都縣	改	豐都縣
	石砫縣	改	石柱縣
	越嶲縣	改	越西縣
	呷洛縣	改	甘洛縣

貴州	婺川縣	改	務川縣
	鰼水縣	改	習水縣
陝西	商雒專區	改	商洛專區
	盩厔縣	改	周至縣
	郿縣	改	眉縣
	醴泉縣	改	禮泉縣
	郃陽縣	改	合陽縣
	鄠縣	改	戶縣
	雒南縣	改	洛南縣
	邠縣	改	彬縣
	鄜縣	改	富縣
	葭縣	改	佳縣
	沔縣	改	勉縣
	栒邑縣	改	旬邑縣
	洵陽縣	改	旬陽縣
	汧陽縣	改	千陽縣

　　此外，還有以下兩種更改地名用字的情況：
（1）由於漢字簡化，例如遼寧省瀋陽市改為沈阳市；
（2）由於異體字整理，例如河南省濬縣改為浚縣。

注釋

① 蚕：上從天，不從夭。

② 缠：右從厘，不從厘。

③ 乾坤、乾隆的乾讀 qián（前），不簡化。

④ 不作坏。坏是磚坏的坏，讀 pī（批），壞坏二字不可互混。

⑤ 作多解的夥不簡化。

⑥ 浆、桨、奖、酱：右上角從夕，不從夕或⺈。

⑦ 藉口、憑藉的藉簡化作借，慰藉、狼藉等的藉仍用藉。

⑧ 类：下從大，不從犬。

⑨ 瞭：讀 liǎo（了解）時，仍簡作了，讀 liào（瞭望）時作瞭，
　　不簡作了。

⑩ 临：左從一短豎一長豎，不從丨。

⑪ 岭：不作岑，免與岑混。

⑫ 讀 me 輕聲。讀 yāo（夭）的么應作幺（麼本字）。吆應作吆。
　　麼讀 mó（摩）時不簡化，如幺麼小丑。

⑬ 前仆後繼的仆讀 pū（撲）。

⑭ 纖維的纖讀 xiān（先）。

⑮ 庆：從大，不從犬。

⑯ 古人南宮适、洪适的适（古字罕用）讀 kuò（括）。此适字
　　本作逜，為了避免混淆，可恢復本字逜。

⑰ 中藥蒼术、白术的术讀 zhú（竹）。

⑱ 厅：從厂，不從广。

⑲ 籴：從术，不從未。

⑳ 繫帶子的繫讀 jì（計）。

㉑ 恐嚇的嚇讀 hè（赫）。

㉒ 县：七筆。上從且。

㉓ 压：六筆。土的右旁有一點。

㉔ 叶韻的叶讀 xié（協）。

㉕ 在余和餘意義可能混淆時，仍用餘。如文言句"餘年無
　　多"。

㉖ 喘吁吁，長吁短嘆的吁讀 xū（虛）。

㉗ 在折和摺意義可能混淆時，摺仍用摺。

㉘ 宮商角徵羽的徵讀 zhǐ（止），不簡化。

㉙ 庄：六筆。土的右旁無點。

㉚ 长：四筆。筆順是：丿 ⺈ ㇗ 长 长。

㉛ 尝：不是賞的簡化字。賞的簡化字是赏（見第三表）。

㉜ 四川省酆都縣已改丰都縣。姓酆的酆不簡化作丰。

㉝ 将：右上角從夕，不從夕或⺍。

㉞ 壳：几上沒有一小橫。

㉟ 丽：七筆。上邊一橫，不作兩小橫。

㊱ 马：三筆。筆順是 ㇇ 马 马。上部向左稍斜，左上角開口，
末筆作左偏旁時改作平挑。

㊲ 卖：從十從买，不從士或土。

㊳ 黾：從口從电。

㊴ 鸟：五筆。

㊵ 作門屏之間解的宁（古字罕用）讀 zhù（柱）。為避免此宁
字與寧的簡化字混淆，原讀 zhù 的宁作㝉。

㊶ 区：不作区。

㊷ 肃：中間一豎下面的兩從 八，下半中間不從米。

㊸ 条：上從夂，三筆，不從夊。

㊹ 鸟：四筆。

㊺ 无：四筆。上從二，不可誤作旡。

㊻ 写：上從冖，不從宀。

㊼ 尧：六筆。右上角無點，不可誤作尭。

㊽ 义：從乂（讀 yì）加點，不可誤作叉（讀 chā）。

㊾ 讠：二筆。不作ì。

㊿ 钅：三筆。中一橫折作㇆，不作)或點。

(51) 纟：三筆。

㊿ 纟：第二筆是一短橫，中兩橫，豎折不出頭。

㊿ 睾丸的睾讀 gāo（高），不簡化。

㊿ 赏：不可誤作尝。尝是嘗的簡化字（見第二表）。

(55) 鬥字頭的字，一般也寫作門字頭，如鬧、鬮、鬩。因此，這些鬥字頭的字可簡化作门字頭。但鬥爭的鬥應簡作斗（見第一表）。

(56) 讎：用於校讎、讎定、仇讎等。表示仇恨、仇敵義時用仇。

(57) 杰：從木，不從术。

附錄二　漢字簡化方法表

簡化方法	方法說明	例字介紹	
簡化偏旁	將較複雜的形聲字的偏旁更換成較簡單的偏旁。	鐘→钟　懼→惧	劇→剧　犧→牺
同音代替	讀音相同或相近，用筆劃較簡單的字代替筆劃複雜的字。	憑→凭　纔→才	幾→几　臺→台
草書楷化	將公認的草書基本字形，用楷書筆劃來規範。	書→书　東→东	馬→马　見→见
符號代替	用簡單的符號或偏旁，代替筆劃複雜的部件。	勸→劝　環→环	僅→仅　幣→币
保留輪廓和特徵	省略結構較複雜的字的某些構成部分，僅保留其大致輪廓和特徵。	蟲→虫　廣→广	尋→寻　醫→医
採用古字或俗字	採用筆劃更簡單的古體字或民間已有的俗體字。	兒→儿　電→电	聖→圣　嚴→严

附錄三　漢語拼音方案

一、字母表

字母	名稱	字母	名稱
Aa	ㄚ	Nn	ㄋㄝ
Bb	ㄅㄝ	Oo	ㄛ
sCc	ㄘㄝ	Pp	ㄆㄝ
Dd	ㄉㄝ	Qq	ㄑㄧㄡ
Ee	ㄜ	Rr	ㄚㄦ
Ff	ㄝㄈ	Ss	ㄝㄙ
Gg	ㄍㄝ	Tt	ㄊㄝ
Hh	ㄏㄚ	Uu	ㄨ
Ii	ㄧ	Vv	ㄞㄝ
Jj	ㄐㄧㄝ	Ww	ㄨㄚ
Kk	ㄎㄝ	Xx	ㄒㄧ
Ll	ㄝㄌ	Yy	ㄧㄚ
Mm	ㄝㄇ	Zz	ㄗㄝ

二、聲母表

b	p	m	f	d	t	n	l
ㄅ玻	ㄆ坡	ㄇ摸	ㄈ佛	ㄉ得	ㄊ特	ㄋ訥	ㄌ勒

g	k	h	j	q	x
ㄍ哥	ㄎ科	ㄏ喝	ㄐ基	ㄑ欺	ㄒ希

zh	ch	sh	r	z	c	s
ㄓ知	ㄔ蚩	ㄕ詩	ㄖ日	ㄗ資	ㄘ雌	ㄙ思

三、韻母表

	i 一衣	u ㄨ烏	ü ㄩ迂
a ㄚ啊	ia 一ㄚ呀	ua ㄨㄚ蛙	
o ㄛ喔		uo ㄨㄛ窩	
e ㄜ鵝	ie 一ㄝ耶		üe ㄩㄝ約
ai ㄞ哀		uai ㄨㄞ歪	
ei ㄟ誒		uei ㄨㄟ威	
ao ㄠ熬	iao 一ㄠ腰		
ou ㄡ歐	iou 一ㄡ憂		
an ㄢ安	ian 一ㄢ煙	uan ㄨㄢ彎	üan ㄩㄢ冤
en ㄣ恩	in 一ㄣ因	uen ㄨㄣ溫	ün ㄩㄣ暈
ang ㄤ昂	iang 一ㄤ央	uang ㄨㄤ汪	
eng ㄥ亨的韻母	ing 一ㄥ英	ueng ㄨㄥ翁	
ong ㄨㄥ轟的韻母	iong ㄩㄥ雍		

（1）　"知、蚩、詩、日、資、雌、思"等字的韻母用 i，即："知、蚩、詩、日、資、雌、思" 等字拼作 zhi，chi，shi，ri，zi，ci，si。

（2）　韻母 ㄦ 寫成 er，用做韻尾的時候寫成 r，例如："兒童" 拼作 ertong，"花兒" 拼作 huaer。

（3）　韻母 ㄝ 單用的時候寫成 ê。

（4）　i 行的韻母，前面沒有聲母的時候，寫成 yi（衣），ya（呀），ye（耶），yao（腰），you（憂），yan（煙），yin（因），yang（央），ying（英），yong（雍）。

u 行的韻母，前面沒有聲母的時候，寫成 wu（烏），wa（蛙），wo（窩），wai（歪），wei（威），wan（彎），wen（溫），wang（汪），weng（翁）。

ü 行的韻母跟聲母 j，q，x 拼的時候，寫成 ju（居），qu（區），xu（虛），ü 上兩點也省略；但是跟聲母 l，n 拼的時候，仍然寫成 lü（呂），nü（女）。

ü 行的韻母，前面沒有加聲母的時候，寫成 yu（迂），yue（約），yuan（冤），yun（暈）；ü 上省略兩點。

（5）　iou，uei，uen 前面加聲母的時候，寫成 iu，ui，un，例如 niu（牛），gui（歸），lun（論）。

四、聲調符號

陰平	陽平	上聲	去聲
‒	´	ˇ	`

聲調的符號標在音節的主要母音上。輕聲不標。

例如：

媽 mā	麻 má	馬 mǎ	罵 mà	嗎 ma
陰平	陽平	上聲	去聲	輕聲

五、隔音符號

a，o，e開頭的音節連接在其他音節後面的時候，如果音節的界限發生混清淆，用隔音符號（'）隔開，例如 pi'ao（皮襖）。